사신공주의
재혼

오노가미 메이야

KB076441

앨리스노블

번역 이진주 **표지** 조은아 **편집** 김은솔 **디지털** 김효준 **마케팅** 김정훈

차례

루아크
장난기 가득한, 뒷세계에서 유명한 소년

티르나드 레이덴
명문가 레이덴의 당주

노라 텔페스
라이센 가에 고용된 하녀

카슈반 라이센

아즈베르그의 폭군>으로
이름 높은 벼락출세한 귀
족. 국왕에게 특별히 허락
받은 강공작이라는 칭호
를 지녔다

알리시아 페이트린

어느 사건을 계기로 <사신
공주>라고 불리게 된, <지
방백>의 칭호를 가진 격식
높은 몰락귀족의 외동딸

Illustration
키시다 메루

서장

웨딩드레스를 몸에 걸친 소녀는 쥐 죽은 듯 조용하고 널찍한 예배당의 한가운데를 혼자서 걷고 있었다. 스테인드글라스를 통해 쏟아지는 햇살이 신부의 순백색 의상과 긴 베일에 화려하고 다양한 색을 비추며 빛났다.

죽 늘어선 사람들 속에서 소녀는 문자 그대로 혼자였다. 혼례식에 어울리는 아름다운 의상을 걸친 하객은 전부 신랑인 브라이언 바스틀 백작과 연이 있었다.

소녀의 단 하나뿐인 육친이자 돌아가신 부모님을 대신하는 후견인이며, 혼담을 물고 온 숙부 헤이스덤 페이트린조차 없었다.

심홍의 융단 위를 오직 혼자 걷는 신부를, 젊은데도 불구하고 빨리도 배가 나오기 시작한 신랑이 거만한 표정을 띤 채 기다리고 있었다.

"기껏 멋진 웨딩드레스를 입혀줬는데도 여전히 촌스런 계집애군. 얼굴을 감춰도 빈약한 몸매를 어찌할 수 없군그래."

천천히 걸어오는 신부를 힐끔힐끔 쳐다보며 던진 브라이언의 말은 혼잣말치고는 지나치게 컸다.

"백작 각하. 신성한 예식을 올리는 중입니다. 성녀 아셸께서도 들고 계시니 조용히 해주십시오."

아나나 다를까. 목소리가 들렸는지 신랑의 곁에 있던, '날개의 기도' 교단에서 파견 나온 중년의 성직자가 브라이언을 타일렀다.

하지만 브라이언은 제 불행을 한탄하지 않을 수 없었나 보다.

성직자를 무시하며 브라이언은 계속 말했다.

"정말 터무니없이 비싸게 주고 샀다니까. 지방백 딸이라는 조건을 붙여도 좀 더 괜찮은 걸 찾을 수 있었을 텐데. 헤이스덤이라는 자에게 제대로 속았어. 젠장."

새삼스러운 듯 계속 푸념을 늘어놓는 그의 곁에 하얀 베일로 얼굴을 가린 신부가 조용히, 라기보다 비틀거리며 가까이 다가갔다.

가느다란 몸에는 호화로운 혼례 의상이 너무 무거웠을까.

지나치게 느리게 움직이는 소녀에게 브라이언은 한층 더 짜증이 나는 모양이었다.

"어이. 알리시아! 좀 더 빨리 걸으라고! 빨리 식을 마치고 이리아에게 가고 싶단 말이다!"

요즘 한창 빠져든 고급 창부의 이름을 대며 신부를 재촉하는 신랑에게 성직자는 노골적으로 눈썹을 찌푸리고 작은 목소리로 성서의 한 구절을 입에 올렸다.

정말이지 요즘 젊은이는 신에 대한 경외심이 없다고 말하는 표정이었다.

그러나 다음 순간, 순 제멋대로인 브라이언의 바람이 절반 이루어졌다.

검은 천으로 전신을 덮은 사람 그림자가 동작이 느릿느릿한 신부의 바로 옆을 무서운 속도로 빠져나가 브라이언의 앞에 섰다.

다음 순간, 그림자는 한 줄기 바람처럼 제 왼쪽에 있는 '날개 달린 소녀'의 스테인드글라스를 뚫고 눈 깜짝할 사이에 어디론가 사라졌다.

남은 건 멍하니 늘어서 있던 사람들과 어느 틈엔가 바닥에 엎어진 신랑 브라이언뿐이었다. 깨진 스테인드글라스 파편의 일부가 그의 몸에도 쏟아져, 촛불의 빛을 반사하며 반짝반짝 아름답게 빛났다.

언뜻 보기에는 장난으로 그 자리에서 뒹구는 듯 보였다. 그러나 비싼 옷감에도 미처 다 흡수되지 못하고 흘러나온 한 줄기 붉은 물이 이날을 위해 깨끗하게 닦아놓은 하얀 바닥에 천천히 퍼져나갔다.

한 박자 늦게 브라이언의 어머니가 절규를 내질렀다. 이를 시작으로 혼례식장은 대혼란에 휩싸였다.

"그러니까 벌 받을 짓을 하지 말라 그토록 일렀건만!"

이렇게 신음하는 성직자, 실신하는 귀부인, 사방으로 흩어진 스테인드글라스 파편에 손과 얼굴을 베여 난리를 치는 자, 불행하고 무시무시한 일에 휘말릴 것을 두려워해 도망치는 자, 스테인드글라스를 뚫고 사라진 그림자를 쫓으려는 경비병.

다들 큰 소리를 지르며 야단법석을 피우는 와중, 신부는 신랑이 걷어줘야 할 베일을 스스로 걷고 주위를 둘러보았다.

"어머."

쓰고 있던 안경테를 손끝으로 가볍게 밀어 올리며 눈을 껌벅거렸다.

신랑이 쓰러진 전방과 문이 있는 후방에 하객이 나누어진 탓에 신부만이 예배당 중앙에 홀로 있었다.

죽은 브라이언이 투덜거렸듯 노르스름한 머리카락을 틀어 올린 소녀는 결코 미인이 아니었다.

기껏해야 귀엽다 수준. 그럭저럭 귀엽다고 쳐줄 정도랄까.

체형 역시, 호리호리하지만 지나치게 평평해서 여성으로서 매력적이라고는 결코 말할 수 없으리라.

하지만 모든 사람이 비명을 지르며 마구잡이로 뛰어다님에도, 신부의 동작은 전과 다름없이 매우 완만했다.

시선은 반 광란 상태에 빠진 어머니에게 안겨 흔들리는 브라이언을 그대로 지나쳐 거대한 구멍이 뚫린 스테인드글라스로 향했다.

"저거, 비쌀 텐데. 굳이 저리로 도망치지 않아도 됐잖아."

느긋하게 중얼거리는 어조는 떠들썩한 주변 소음에 묻혀 누구의 귀에도 들리지 않았다.

"이래서 반대한 겁니다!"

그러나 때를 같이 해 자리에서 일어선 브라이언의 어머니는 매달린 시녀들을 뿌리칠 기세로 소녀에게 외쳤다.

"이, 이…… 역병신(疫病神)! 사신 같으니!"

이 순간부터, 절대 달갑지 않은 칭호가 겨우 14세의 나이에 과부가 된 소녀 알리시아에게 영원히 따라붙었다.

[제1장] 이상적인 재혼

그로부터 1년 후.

기후도 지형도 온건한, 이상할 정도로 기복이 없는 페이트린 지방 평원의 중앙부.

알리시아 페이트린은 화사한 봄날의 햇살을 받으며 자택의 정원에 내놓은 탁자에서 책을 읽고 있었다.

불행히도 결혼식 도중에 급사한 남편의 장례는 다 치른 뒤였다.

소녀의 작은 몸을 감싼 옷은 몇 년 전에 유행했던 볼륨이 들어간 낡아빠진 드레스였다.

원래 연녹색이었던 옷감이 군데군데 누르스름하게 퇴색된 옷을 걸친 소녀는 너무 읽어서 닳은 책에서 눈을 들며 중얼거렸다.

"아아. 돈이 필요해······."

절실한 한마디를 토해낸 알리시아의 귀에 조급히 다가오는 발소리가 들렸다.

비옥한 땅에 걸맞게 손질을 조금이라도 게을리하면 눈 깜짝할 사이에 무성해지는 정원의 잡초를 밟으며 한 명의 중년 남성이 다가왔다.

"알리시아! 오, 다행이다. 이제 밭일을 하지 않는구나."

겨우 내 마음을 알아주었구나.

그렇게 말하고 싶은 것처럼 기쁜 목소리를 내며 종종걸음으로 다가오는 사람은 알리시아의 후견인인 숙부 헤이스텀이었다.

정수리가 빈곤함을 보완하려는 듯 풍성하게 턱수염을 기르고 있는 그에게 알리시아는 방긋 미소를 지었다.

"예. 오늘분의 수확은 벌써 끝마쳤으니까요."

숙부의 마음 따위는 눈곱만큼도 몰라주는 대사를 내뱉으며, 어중간한 고용인보다 더 거칠어진 손으로 붉은 과실이 산처럼 쌓인 바구니를 가리켰다.

리고의 열매라고도 불리는 길고 가느다란 과실은 부모님이 돌아가신 후 알리시아가 멋대로 만든 밭에서 후견인의 탄식을 들으며 키워냈다.

"아, 맞다. 숙부님. 슬슬 이웃에 사는 아이가 수확한 리고를 받으러 올 텐데요. 근처에서 못 보셨어요?"

느긋한 말에 헤이스텀은 절대 많지 않은 머리카락을 쥐어뜯는 몸짓을 했다.

"농민의 아이 따위 알게 뭐냐! 너는 페이트린 가의 딸이다. 과일장수 같은 짓은 그만두라고 그토록 이르지 않았더냐!"

"하지만 숙부님, 전 돈을 벌고 싶은 걸요. 뭐, 하나에 2소제달 반밖에 되지 않지만 다섯 개를 팔면 밥 한 끼 먹을 만큼은 벌 수 있어요."

지극히 자연스럽게 거리낌 없이 말했다.

"게다가 제가 재배한 걸 먹으면 절약할 수 있고, 팔면 돈도 벌 수 있으니 좋은 일뿐인걸요. 또 리고의 열매는 포만감을 유지하는 데도 정말 좋아요. 단맛이 돌려면 비롯값이 조금 많이 들지만 말이에요."

잘난 체도 창피한 기색도 없는 말에 헤이스텀은 진절머리가 난다는 얼굴을 했다.

한마디 설교를 하려던 순간, 헤이스텀은 또 잔소리를 늘어놓을 거리를 발견하고 말았다.

"앗! 그런 책은 읽지 말라고 하지 않았느냐!"

알리시아가 탁자에 올려놓은 책을 보고 헤이스텀은 쉿소리를 냈다.

소설책이었기 때문에 겉만 봐서는 내용까지는 알 수 없었다.

하지만 마침 펼쳐진 책에는 털이 북슬북슬하고 날카로운 송곳니가 난 괴물이 가련한 소녀를 덮치려는 삽화가 그려져 있었다.

알리시아는 이미 몇 번이나 읽은 책을 끌어안고 황홀한 소리를 냈다.

"우후후. 이 책에 실려 있는 이야기엔 뭐 하나 빠지는 게 없답니다. 몇 번을 읽어도 재미있어서 매우 경제적이에요. 사실 한밤중에 외풍을 맞으면서 읽어야 제일 좋지만, 반대로 이렇게 밝은 곳에서 읽어도 또 나름대로 재미가 있답니다."

"그보다! 알리시아. 네 재혼 상대가 드디어 정해졌다!"

후견인은 여느 때처럼 알리시아의 말을 억지로 가로막고 단숨에 외쳤다.

"카슈반 라이센! 무려 아즈베르그 지방의 영주다! 젊고 돈이 많은 데다가 유능하기까지 하다! 다행이구나, 알리시아. 이제 너도 겨우 호사를 누릴 수 있게 되었다!"

생각지도 못한 말에 알리시아는 안경 안쪽의 눈을 껌벅거렸다. 그러나 헤이스넘은 기세를 몰아 혼담을 밀고 나갈 생각인 듯, 연극 조의 몸짓으로 뒤를 돌아보았다.

"이제 너도 호사를 누릴 수 있게 되었다! 이 집도 고칠 수 있단다! 잘 됐구나. 알리시아. 네 부모님도 더 높은 나라에서 기뻐하시겠지!"

헤이스넘이 돌아본 곳에는 하얀색과 파란색을 바탕으로 한 거대하고 우아한 저택이 있었다.

이름 높은 지방백에 어울리는, 날개를 펼친 거대한 백조에도 비유되는 장대하고 아름다운 건물. 명문가 페이트린의 저택이었다.

처마나 기둥에 교묘하게 곡선을 넣은 화려한 생김만 멀리서 보면 더 아름다운 집은 없어 보일 정도였다.

하지만 조금 더 가까이 다가가면 새하얀 빛을 자랑하던 벽은 살짝 거무스름하게 변했고, 밑에는 무성하게 자란 잡초가 찰싹 달라붙었음을 볼 수 있다.

지붕에 끼워진 장식창 일부가 깨져 보수한답시고 조잡하게 손본 흔적이 거꾸로 비참한 꼴을 연출했다.

저택을 둘러싼 광대한 정원은 튼튼한 잡초에 점령되어, 부모님이 돌아가신 후 알리시아가 대충 만들어 가꾼 밭이 더 훌륭해 보일 정도였다.

현재 이 저택은 명문가 페이트린의 몰락을 상징하는 존재로 변했다.

원래는 매우 아름다운 저택이었기에, 관리하는 손길이 닿지 않아 으스스하게 변한 모습이 금방이라도 무언가 튀어나올 분위기를 자아

냈다.

"예. ……그러네요. 하지만 저, 그건 그거고 리고의 열매 재배해서 파는 일은 계속할 거예요."

"나중에 사람을 보내마. 그때까지 밭일은 그만두고 악취미인 책도 정리하거라! 읽기엔 시집이나 연애소설 정도가 충분해! 알겠지?"

헤이스덤은 일방적으로 속사포처럼 말을 쏟아내고 알리시아가 질문을 할 기회도 주지 않은 채 성큼성큼 떠났다.

뭐가 뭔지 모르는 채 알리시아는 그가 외친 말을 반추해보았다.

"에 그러니까…… 카슈…… 라이센 님. 아즈베르그라는 북쪽 지방의 분이셨지. 지방백은 아닌 것 같은데."

지명은 둘째 치고 가문의 이름을 들어본 기억이 없다.

예전에 부모님이 그녀를 시집보내려고 획책했던 명가 중 하나는 아닌 것 같았다.

하지만 헤이스덤은 그것보다도 훨씬 중요한 단어 두 개를 입에 올렸다.

"부자. 호사. ……정말 멋진 말이야."

속물적인 대사를, 알리시아는 마치 꿈꾸는 소녀처럼 황홀하게 중얼거렸다.

가문의 이름을 실던 왕국 각 지방의 지명으로 삼은, 지방백이라 불리는 귀족들. 과거엔 전부 영주였고, 자신과 같은 이름의 토지에서 징수하는 세금으로 영화를 누렸다.

그러나 80년 전, 하극상의 기운이 거세지면서 지방백의 운명도 명암이 확실하게 갈렸다.

지방백 중에는 평등을 외치는 평민의 반란을 겨우 억누르고 체면을 유지한 가문이 있었다. 반란의 시기를 극복하고 더 강한 지배력을 행사하는 가문도 존재했다.

그러나 페이트린 가는 아주 멋지게 영광스러운 자리에서 굴러떨어진 지방백 중 하나였다.

가졌던 수많은 권리는 따로따로 분할되어, 과거에 평등을 주창했던 평민 사이에서 생겨난 신흥 귀족에게 양도되었다.

현재 페이트린 가에 남은 것은 넓기만 하고 유지하는데 돈만 드는 저택과 위로금으로 왕가에서 지급하는 작위에 대한 하사금뿐이었다.

하지만 왕가도 하극상의 영향으로 징수 강제력이 약해진 모양이었다. 왕가로부터 내려오는 하사금의 액수도 해가 갈수록 이런저런 이유로 삭감되었다.

페이트린 가의 사람들은, 알리시아의 부모님은 상황에 안주하지 않았다. 지방백으로서 명문가 사람다운 생활을 해야 한다고 기염을 토하며, 저택을 포기하라고 거듭 말하던 헤이스덤의 말에 고개를 가로저었다.

"그러니 오래 못 살았지……."

덜컹거리는 마차 안에서 창밖으로 흘러가는 경치를 멍하니 바라보면서 알리시아는 혼잣말을 했다.

재혼이 정해졌다며 헤이스덤이 선언한 그 날부터 시간은 신부 본인을 남겨두고 눈 깜짝할 사이에 흘러갔다.

원래 태연한 성격인 알리시아가 아무것도 하지 않는 사이 결혼에 관한 모든 준비가 진행되었다.

어느새 알리시아는 마중 나온 마차에 타고 있었다.

생애 두 번째 남편이 될 사람은 유능하다는 평판에 어울리는 인물인 듯했다.

단지 라이센 공작이 보낸 마차는 두 사람이 타면 꽉 찰 것 같은 좁고 답답한 구조였다. 마중을 나온 사람도 마부 한 사람뿐이었다.

이전의 결혼식 때는 여섯 마리의 말이 끄는 마차를 타고 수많은 기사의 호위를 받으며 신랑의 집으로 향했음을 생각하면 완전히 하늘과 땅 차이였다.

하지만 마차를 보고 의아한 표정을 지은 사람은 헤이스덤뿐이었다.

알리시아는 약간의 짐과 함께 얼른 마차에 올라 1년 전과 마찬가지로 "저택을 잘 부탁드려요."라는 말을 남기고 집을 나섰다.

"우후후. 멋져라. ……안개 속에서는 역시 피투성이의 검을 한 손에 든 목 없는 기사의 망령이 나타날까. 흡혈귀도 나쁘지 않은데. 라이센 님이 둘 중 하나라면 딱 좋을 텐데."

흘러가는 경치를 보며 자신만의 기대에 가슴이 부푼 신부의 혼잣말을 초로의 마부는 들은 모양이었다.

과연 사신 공주로군.

이렇게 중얼거린 후, 말을 덧붙였다.

"우리 폭군에게는 잘 어울릴지도 모르겠군."

그런 줄은 꿈에도 모르고 알리시아는 결국 버리지 않고 가져온,

자신이 아끼는 책들에 나올 법한 풍경을 바라보며 혼자서 즐거워했다.

　태어나고 자란 페이트린 지방과는 달리, 처음 방문하는 아즈베르그의 땅은 기복이 매우 심했다.

　산과 계곡이 난립한 틈을 지금 알리시아를 태운 마차가 달리고 있는 것과 같은 검은 숲이 조용히 메우고 있었다.

　태양이 하늘 높이 떠 있을 시각인데도 빈틈없이 늘어선 키가 큰 나무들에 햇빛이 차단되어 숲 안은 상당히 어둑어둑했다.

　아마도 아침이나 저녁에는 안개가 피어올라 한층 더 환상적인 풍경을 만들어내리라.

　마차가 몹시 덜컹대는 것도 마차 자체의 설비가 나쁜 탓도 크지만 길이 매우 험했기 때문이었다.

　토지를 다스려야 할 정치의 중심인 영주의 저택이 길이 나쁜 숲 깊숙이 있으니 매우 기묘했다. 하지만 쉽사리 타인을 가까이 오지 못하게 하는 입지조건에 알리시아의 기대는 한층 더 높아졌다.

　"알리시아 님. 슬슬 도착할 겁니다. 송구하지만 준비를 해주십시오."

　겨우 들려온 마부의 목소리에 알리시아는 시선을 들어 전방을 바라보았다. 그리고 갑자기 눈동자를 반짝반짝 빛내기 시작했다.

　여기는 검은 숲의 가장 안쪽이리라. 소녀의 눈에 날아든 광경은 뒤쪽에 돌산, 측면에 무성하게 자란 나무들을 거느린 음울한 회색과 검은색으로 구성된 거대한 저택이었다.

　본관이라 짐작하는 가장 큰 건물의 좌우로 한층 작은 별관과 의

저택 외부의 장식이야 어찌 됐든 구조만은 전형적인 귀족의 저택이었다.

그때 고용인 사이에서 한 발 앞으로 나선 그림자가 있었다. 집사 혹은 하녀장이 주인을 대신해 손님을 맞이한다면 별로 이상한 일이 아니었다.

그런데 앞으로 나선 그림자는 평범한 하녀였다. 게다가 상당히 젊었다.

나이는 20세 전후. 일할 때 입는 하녀복이 답답해 보이는, 풍만한 육체를 가진 아름다운 여성 노라였다.

"어머, 로세. 어서 와요. 힘든 일을 수행하느라 고생했어요."

아버지라고 해도 이상하지 않을 마부에게 노라는 거만하게 말했다.

어깨까지 오는 부드러운 빨간 머리를 등 뒤로 넘기는 동작은 화려한 미모에 잘 어울리기는 했지만, 하녀로서는 지나치게 도발적이었다.

실제로 다른 하녀나 고용인은 그 동작에 눈썹을 찌푸렸다. 그러나 어쩐 일인지 앞으로 나서거나 제지하는 사람은 없었다.

"그래서, 소문의 사신 공주님은 어디…… 어, 머?"

호전적으로 말을 꺼내기 무섭게 알리시아가 타박타박 앞으로 걸어 나왔다.

알리시아와 빨간 머리 하녀의 눈이 마주쳤다.

믿을 수 없다는 속내를 그대로 드러내 보이며 그 자리에 굳어버린 노라에게 알리시아는 생긋 웃으며 말했다.

"만나서 반가워요. 나는 알리시아 페이트린. 오늘 이 저택으로 시집왔으니 잘 부탁해요."

노라가 아름다운 눈동자를 크게 떴지만 알리시아는 그런 변화는 알아차리지도 못했다. 다른 고용인들도 술렁거리기 시작했다.

그때, 정면에 있는 계단 위쪽에서 잘 울려 퍼지는 남자의 목소리가 쏟아져 내려왔다.

"먼 곳까지 잘 와주셨소. 페이트린의 아가씨여. 내가 카슈반 라이센. 당신의 남편이 될 남자요!"

낭랑하게 울려 퍼지는 목소리의 주인은 키가 크고 검은색 일색인 남자였다. 깃이 높은 군복풍의 복장도, 긴 부츠도, 짧은 머리카락에서 아몬드형의 눈동자까지 다 검은색이었다. 유일하게 망토의 안감만 검은색이 아닌 심홍색이었다.

남자는 망토를 펄럭이면서 유유히 알리시아가 있는 쪽으로 걸어왔다.

나이는 30세에서 몇 살 더 먹은 정도.

33세 정도네. 알리시아는 그렇게 추측했다.

건장하고 튼튼해 보이는 인상이 강렬하지만, 날카로운 눈동자에 힘이 깃든 상당한 미남이었다.

카슈반 라이센. 자신의 두 번째 남편이 될 아즈베르그의 영주.

"목은 달린 것 같네."

살짝 아쉬워하는 말을 들은 시점에서 노라는 퍼뜩 제정신을 차렸다.

종종걸음으로 달려나가 계단을 내려온 카슈반에게 갑자기 매달

렸다.

"카슈반 니임."

카슈반은 조금 놀란 얼굴을 했지만 거부하지 않고 노라가 풍만한 가슴을 밀어붙이는 행동을 그냥 내버려 두었다. 그리고 거만한 동작으로 천천히 주변을 둘러보았다.

생글거리는 알리시아를 발견하고 그대로 침묵했다.

동요가 겉으로 드러났기 때문일까, 얼굴이 조금 더 젊어 보였다.

"……당신이 알리시아 페이트린?"

"예."

"페이트린 가의 영애?"

"예."

"첫 남편, 브라이언 바스틀을 죽인 사신 공주?"

"아, 그건 아닌데요."

알리시아는 그 말만큼은 즉석에서 부정했다.

그러자 카슈반은 흥이 깨졌다는 표정을 지었다.

"뭐야. 역시 가짜인가?"

카슈반은 비난하는 것 같은 시선을 마부에게 돌리려 했다. 그에 알리시아는 계속해서 설명했다.

"바스틀 님을 베어 죽였다느니, 저주해 죽였다느니, 암살자를 보내 죽였다느니, 어쨌든 제가 바스틀 님을 죽였다는 소문은 익히 들어서 알아요. 하지만 정말 아무것도 하지 않았어요. 무언가 바람처럼 빠르게 그분에게 다가갔다가 도주했어요……. 정신을 차리니 바스틀 님이 바닥에 쓰러져 계셨는걸요."

가장 가까이에서 브라이언의 죽음을 목격한 알리시아는 바스틀가의 사람들에게 몇 번이고 말했었다. 그만큼 설명에 거침이 없었다.

"틀림없이 암살자였을 거예요. 솜씨가 매우 훌륭했거든요. 피는 거의 흐르지 않았지만 바스틀 님은 즉사하셨을 거예요. 비명조차 지르지 못하셨으니까요."

알리시아는 첫 결혼식 때 일을 공포에 떨지도 않고 상세하게 이야기했다.

죽었다는 단어를 일말의 주저함도 없이 연창하는, 어떤 의미로는 사신 공주라는 호칭에 잘 어울리는 소녀의 말이 끝나자 카슈반은 낮은 목소리로 감상을 늘어놓았다.

"……과연. 내가 들었던 이야기가 상당히 간소화되었던 것 같군. 그대가 옳은 것 같아."

브라이언의 죽음에 대한 얘기는 물론 알리시아 본인에 대한 소문도 하나로 묶어 하는 말이었다.

바스틀 가의 사람들은 추문을 두려워해 극단적으로 정보를 규제했고 그 결과, 사람들의 상상력을 양분 삼아 사신 공주의 소문은 부풀 대로 부풀어 올랐다.

그 역시 믿고 있던 모양이었다.

카슈반은 다소 자존심이 상한 듯했다. 그래도 이내 시원시원한 어조로 말했다.

"하지만 그대가 명문 페이트린 가의 영애이기만 하면 사신 공주든 물 밑 왕국의 왕녀든 아무 상관없소. 다시 내 소개를 하지. 내가 강공작 카슈반 라이센이오. 변경 아즈베르그의 영주로서 당신의 두 번째 남편이 될 남자지."

물 밑 왕국이란 생전에 쌓은 선행이 부족해 더 높은 나라로 가지 못한 자가 다다르는 무시무시한 곳을 말한다.

알리시아가 들어본 적 없는 작위를 붙여 자신을 소개한 카슈반은 스리슬쩍 노라를 밀어내고 말을 계속했다.

"자, 내 아내가 될 사람이여. 나는 돌려 말하기를 좋아하지 않아. 지금 막 도착했는데 미안하지만 단도직입적으로 이야기하겠소."

팔짱을 낀 그의 검은 눈동자 깊숙한 곳에는 어딘가 짓궂은 빛이 감돌았다.

고개를 갸우뚱하는 알리시아를 내려다보며 카슈반은 일반적인 신랑에게 어울리지 않는 표정을 지은 채 말했다.

"딱 잘라서 이야기하겠소. 그대와 달리 나는 벼락출세한 귀족이오. 그래서 돈과 지위는 가졌지만 역사와 명예가 없지. 그래서 그 유명한 사신 공주를 주목했소."

표정도 말하는 단어도, 신랑에게도 귀족에게도 어울리지 않게 점차 변해갔다.

수상한 저택의 주인인 시커먼 남자는 어떤 의미로는 자신에게 딱 어울리는 대사를 매끄러운 어조로 계속 이어갔다.

"명문가의 마지막 영애로서 잔뜩 거드름을 피우다 결혼 끝에, 남편을 죽이고 쫓겨난 사신 공주. 그대가 진짜로 남편을 죽이진 않았겠지만, 어쨌든 그런 대로 좋소. 비대해진 소문에 겁을 먹은 경쟁 상대가 없어졌으니 말이야. 덕분에 그대는 시골구석에서 벼락출세한 나같은 영주도 부르는 값에 사들일 수 있는 존재가 되었지."

거기까지 말한 카슈반은 알리시아의 반응을 살피려는 듯이 일단 말을 끊었다.

여전히 고개를 갸우뚱한 상태로 알리시아는 단순히 복창했다.

"부르는 값으로 사들였다?"

"그렇소. 흠. 수염만 풍성했던 후견인께서는 내 말을 제대로 지켜 주신 모양이군. 훌륭하게도 아무것도 모르는 것 같으니."

헤이스덤을 언급한 카슈반의 눈이 한층 더 짓궂게 빛났다.

카슈반은 이 상황을 만들어준, 협력자라고 할 수 있는 헤이스덤에게 1밀리 존경심도 품지 않은 듯했다.

"첫 번째 결혼도 팔려가는 것 비슷한 상태였는데, 생각지도 못한 사태로 그대가 돌아오자 그대의 숙부는 매우 초조한 것 같더군. 좀 더 좋은 값에 팔아보겠다고 기다려도 매수자는 나타나지 않았지. 결국 부르는 값으로 거래를 받아들인 게요. 지금쯤이면 혼자 들떠 있겠지."

헤이스덤을 바보 취급하듯 입술 끝을 살짝 일그러뜨리며 카슈반은 말을 마무리 지었다.

"있는 그대로 말하면 그대는 돈에 팔려온 거요. 그러나 법에 어긋나는 짓을 할 생각은 없으니 안심해도 좋소. 그대는 여기 있어 주기만 하면 돼. 무명에 가까운 우리 라이센 가에 지방백 페이트린의 고귀한 혈통을 나눠주는 것만으로도 충분하오."

오만한 어조로 말을 마친 카슈반은 멍청히 선 알리시아를 내려다보며 차갑게 웃었다.

"너무 놀란 얼굴 하지 말아줬으면 하오. 그대 역시 알고 있을 테지. 내세울 것은 지위와 명예뿐인 몰락 귀족의 딸. 남편을 죽였다는 소문이 덤으로 붙은 쫓겨난 과부가 제대로 된 결혼을 할 수 있을 리 없으니까. 다행히 나는 지배하에 있는 상대에게는 상냥하지. 그러니 훌쩍거리지 말고 현실을 받아들이시오."

알리시아는 두 눈을 크게 뜨고 카슈반이 늘어놓은 말을 머릿속에서 반복하고 있었다.

—페이트린의 이름이 필요하다고 말했다.

카슈반은 헤이스덤과 거래를 해서 상당한 금액을 치른 후, 알리시아를 사들였으리라.

지방백의 명예를 제 가문에 섞으려는 이유 하나만으로. 오로지 그것만을 위해.

페이트린이라는 이름을 지참금으로 가져온 알리시아와 결혼할 생각이다.

"—다행이다!"

알리시아는 진심으로 안도한 표정을 지으면서 후우 크게 숨을 내쉬었다.

카슈반이 저도 모르게 입을 다물어버렸다.

침묵한 카슈반을 대신해 이번에는 알리시아의 들뜬 목소리가 조용한 홀에 울려 퍼졌다.

"아이참, 숙부님도. 내겐 장사하지 말라고 말씀하셨으면서! 우후후. 하지만 곰상스러운 장사를 말린 이유가 있었어. 이런 큰 거래를 성사시키는 재능을 갖고 계신걸!"

기쁨에 볼을 장밋빛으로 물들이며 알리시아는 꺅꺅 환성을 질렀다.

"라이센 님. 아니 서방님. 절 사주셔서 고맙습니다! 아, 다행이야. 페이트린의 이름을 사주는 분이 계셨다니! 이제 저택을 팔지 않아도 돼! 아버지와 어머니도 안심하실 거예요!"

카슈반뿐만 아니라 노라도 로세도 자리에 모여 있던 모든 사람이 어처구니없는 광경에 전부 굳었다.

알리시아는 얼어붙은 공기를 완전히 무시하고 반짝반짝 빛나는 눈동자로 카슈반을 바라보았다.

"라이센 님이 벼락출세한 귀족이라 돈과 지위밖에 없는 분이어서 다행이에요. 그게요. 말씀하신 대로 제 가문에는 역사와 명예뿐인걸요. 라이센 님이 왜 저와 결혼하시려는지 전혀 몰랐지만, 지금 설명으로 전부 이해했어요!"

알리시아는 직설적인 카슈반의 말을 똑똑하게 복창했다.

과연, 카슈반의 입꼬리가 살짝 경련했다.

하지만 꾸벅 고개를 숙인 알리시아는 그 모습을 보지 못했다.

"흠집 난 물건이라 면목이 없지만, 부디 앞으로 오래도록 잘 부탁드려요. 맹세컨대 라이센 님을 죽이지 않을 테니 안심하세요. 라이센 님만큼 제게 딱 맞는 서방님은 두 번 다시 찾지 못하니까요."

얼굴 가득히 미소를 지었지만 알리시아는 변함없이 미인이 아니었다.

오래된 드레스 자락이 오랜 여행에 한층 더 너덜너덜해져 도저히 이름 높은 지방백 가문의 영애로 보이지 않았다.

그러나 순수한 기쁨에 가득 찬 모습이 보는 사람의 마음을 사로

잡는다.

무서운 이야기와 돈.

부모님도 헤이스텀도 항상 그만두라 말한 두 취미가 화제에 오르면 알리시아는 항상 눈부신 빛을 발하며 웃었다.

신부에게 홀린 시선을 보내던 카슈반은 겨우 제 상태를 깨달았다. 퍼뜩 제정신을 차리고 고개를 가볍게 젓고는 표정을 바로잡았다.

눈동자에 깃든 짓궂은 빛이 아주 옅어졌다.

"실례했군. 사신 공주여. 그대는 내 생각보다 훨씬 사리 분별이 뛰어난, 속물…… 아니, 현실적인 여성이군."

그는 잠시 생각하는 표정을 짓더니 말했다.

"바로 결혼식을 시작하지. 이쪽으로."

말을 꺼내기가 무섭게 카슈반은 가볍게 손을 뻗어 알리시아를 옆으로 끌어당기려 했다.

"카슈반 님. 잠시만 기다려주세요. 신부 의상을 준비해놓았답니다."

완전히 얌전해진 노라가 당황해서 끼어들었다.

그러나 카슈반은 시원스럽게 고개를 저었다.

"복장은 아무래도 상관없어. 장소도 마찬가지다. 여기라도 상관없어."

"이곳 말이십니까!?"

더 놀란 목소리를 내는 노라에 이어 다른 고용인들이 다시 술렁이기 시작했다.

"주인님. 저, 성당에 혼례식 준비를 해놓았습니다만……."

노라가 아닌 다른 사람들 또한 어떤 얘기도 듣지 못했다.

머뭇머뭇 말참견을 한 나이 든 하녀에게 주인은 차갑게 소리 없이 웃어 보이고 다시 한번 고개를 저었다.

"알고 있을 텐데. 귀찮은 예식은 딱 질색이야. 무엇보다 이런 집인데 성당에서 식을 올리고, 약속된 날개에 맹세한들 뭐가 달라지지?"

'약속된 날개'란 혼례식 때 '날개의 기도' 교단에서 사용하는 성서의 한 구절이다.

자신을 더 높은 나라로 날려 줄 사후의 날개에 걸고 영원한 애정과 정조를 맹세한다.

말을 늘어놓는 카슈반의 눈동자는 차갑기만 했다.

"다행히도 내 신부는 사리 분별이 매우 뛰어난 분이지. 그러면 재빨리 끝내버리는 편이 나아."

"예. 그러네요."

알리시아는 또 무거운 드레스를 질질 끌고 오래 걷는 일은 가능한 피하고 싶었다.

카슈반은 그런가하며 적당히 웃고 가까이 온 알리시아를 옆에 세웠다.

"이 자리에서 맹세하지. 나 카슈반 라이센 강공작은 알리시아 페이트린을 아내로 맞이하겠다. 이상."

시간으로 따지면 눈을 다섯 번 깜빡일 정도일까.

카슈반에게 혼례식이란 가볍게 손을 들고 맹세의 말을 술술 늘어놓는 정도가 전부인 모양이다.

"자. 그대도."

카슈반이 재촉하자 알리시아는 어깨너머로 본 대로 한 손을 들고 카슈반과 똑같이 맹세했다.

"알리시아 페이트린은 에 그러니까, 강…… 강공작 카슈반 라이센을 남편으로 삼을 것을 맹세합니다."

생각해보면 이 '강공작'이라는 명칭은 카슈반이 사용한 덕에 알았다.

여러 가지 작위가 있구나.

이렇게 생각한 알리시아는 맹세의 말을 늘어놓았다.

카슈반은 더듬더듬 말을 늘어놓는 맹세에 특별한 불만은 없어 보였다.

"그대 후견인의 서명은 이미 받아놨지. 자. 그럼 혼례식은 끝이군……. 아아, 일단 해둘까."

어안이 벙벙해 멍청히 선 고용인들이 주목하는 가운데, 카슈반은 알리시아의 턱을 가볍게 들어 올렸다.

고용인들처럼 놀라서 멍청히 섰다기보다는 어리둥절하며 눈을 감지 않는 알리시아에게 조금도 개의치 않고 카슈반이 그대로 몸을 굽히려 했다.

그때였다.

별안간 바깥이 소란스러워지더니 저택의 문이 갑자기 격렬한 소리를 내며 열렸다.

"티르 도련님. 안 됩니다. 우와아아아아!"

"라이센 공작이 여기에 있는가!"

소리 높여 제지하면서 달렸기 때문일까.

긴 검은 머리 남자가 문이 안쪽으로 열리는 기세에 바닥으로 나동그라졌다.

또 한 사람, 검은 머리 남자가 도련님이라고 부른 갈색 머리 젊은이는 홀 안으로 달려와 반사적으로 자세를 잡은 카슈반을 노려보며 외쳤다.

"아무래도 늦지 않은 모양이군. ……페이트린가 영애에게서 떨어져라!"

그렇게 외친 젊은이의 등 뒤로 검을 휴대한 남자들이 줄줄이 나타났다.

알리시아는 그들이 입은 백은색 갑옷의 가슴과 어깨 보호대에 간략화된 날개의 문장이 새겨져 있음을 알아차렸다.

"네놈들은 누구냐."

동요하는 고용인들을 한 손으로 제지하며 카슈반이 쓱 앞으로 한 발 나섰다.

키가 큰 그가 노려보자 기세 좋게 뛰어들어온 젊은이는 약간 기죽은 얼굴이었다.

나이는 실딘 왕국이 한 사람의 어른으로 대우해주는 열여덟 살 정도로 보였다.

큰 병이라도 앓았었는지 안색이 나빴고, 체격은 결코 좋다고 할 수 없었다.

얼굴도 여자처럼 예쁘장해서 깃이 높은 남성용 예복을 제대로 갖춰 입은 모습이 오히려 안쓰러워 보였다.

그래도 젊은이는 자신보다 훨씬 큰 남자를 열심히 노려보며 외쳤다.

"나, 나는 티르나드 레이덴 백작이다! 라이센 공작! 당신…… 아니 네놈의 추악한 소문이 레이덴 영지에까지 퍼졌다!"

"레이덴? 아아."

들어본 기억이 있는 이름인 모양이었다.

카슈반은 뭔가를 떠올리려는 듯 유심히 티르나드의 푸른 눈동자를 들여다보았다.

"호오. 어느새 당주가 바뀌었나. 나도 레이덴 가에 관해서 조금이나마 이야기를 들었지. 여러 가지 안 좋은 일이 있었던 모양이더군."

"닥쳐라! 겉치레로 동정해봐야 통하지 않는다!"

티르나드는 카슈반의 말에 더욱 분노했다.

벌컥 성을 내며 소리를 지르는 그의 등에 조금 전 바닥에 나동그라진 검은 긴 머리 남자가 필사적으로 달라붙었다.

"도련님. 처음 뵙는 분께 그런 말투를 쓰시면 안 됩니다! 게다가 저분은 악명 높은 아즈베르그의 폭군, 에구구!"

남자는 티르나드를 제지할 생각이었겠지만 더 실례되는 말을 내뱉고 말았다.

그런 남자를 카슈반이 찌릿 노려보았다. 겁먹은 그는 티르나드의 등 뒤에 숨으려 했으나 어중간한 키 탓에 여의치 않았다.

"네놈은 누구냐. 보아하니 '날개의 기도' 성직자 같은데."

소매가 긴 하얀 법의를 걸치고 목에 날개의 문장 한 쌍을 늘어뜨린 모습은 실딘 및 주변 국가의 국교인 '날개의 기도' 성직자의 전형적인 복장이었다.

그중에서도 상당히 지위가 높은 자임이 틀림없었다.

왜냐하면 날개의 문장 바로 아래에 3계제 이상인 사교(司教)임을 나타내는 성녀 아셀의 옆얼굴이 새겨졌기 때문이었다.

뭐, 대단한 직함과는 정반대로 본인은 무척 겁이 많은 성격인 듯했지만.

"에구구. 저, 그게, 유란이라고 합니다. 티르, 티르, 티르티르티르 티르티르 도련님의 후견인, 폭, 력, 반대."

집안의 이름은 성직자가 될 때 관례로 버린다.

이름만을 댄 유란은 부들부들 떨면서 말했다.

"후견인……? 아. 과연."

현재 상황과 자신이 알고 있는 사실의 접점을 찾았는지 카슈반은 또다시 유심히 티르나드를 바라보았다.

"저택은 불에 타고 레이덴 백작가 사람은 거의 몰살했다고 들었는데…… 그렇군. 살아남은 사람이……."

"시끄럽다, 닥쳐라! 그 얘기는 하지 마!"

참혹했던 당시 광경을 떠올렸으리라.

얼굴을 일그러뜨린 티르나드는 비장한 목소리로 외쳤다. 그러나 되돌아온 카슈반의 눈빛과 어조는 차가웠다.

"실례했군. 그러나 무례한 자에게는 똑같이 무례하게 대하는 것이 우리 집안의 풍조라서 말이지. 그러면 당신이 누구신지는 알았다 치고, 방문 약속도 없이 밀고 들어온 이유를 가르쳐주시겠습니까?"

상대가 백작가 당주임을 안 카슈반은 일단 정중한 어조로 말했다. 그러나 날카로운 눈빛은 여전했다.

그 눈빛에 레이덴의 주인과 종들은 다 같이 움찔하면서 몸을 떨었다.

티르나드는 그에게 시선을 거두며 등 뒤에 선 알리시아 쪽을 바라보았다.

"……어라?"

새삼스럽다는 듯 맥 빠진 소리를 내며 티르나드가 그대로 굳어버렸다.

우아함은 물론 고귀함과도 거리가 먼, 낡아빠진 드레스가 무척이나 잘 어울리는 소녀를 보고 티르나드는 더듬더듬 아는 사실을 확인했다.

"……저…… 알리시아 페이트린 님? 사신 공주라고 불리며 라이센 가가 사들였다는……?"

"예. 제가 그 알리시아 페이트린인데요."

티르나드는 엄청난 충격을 받은 표정으로 서 있었다.

그 마음을 읽었는지 카슈반은 낮게 목을 울렸다.

"아니, 소문의 사신 공주가 이런 분이셔서 불만이신가. 솔직한 점은 좋지만 그렇게 노골적으로 얼굴에 드러내는 일은 삼가는 편이 좋겠습니다."

기분은 알겠지만 그래도 너무 무례하다고 야유하자, 잠시 카슈반에게 기가 눌려 있던 티르나드의 얼굴에 다시 기백이 깃들었다.

처음의 기세를 회복한 티르나드는 찌릿하고 카슈반을 노려보며 외쳤다.

"이야기는 들었다! 가문의 이름에 전통과 명예를 더하기 위해 지방백 영애를 사들였다고! 부당한 소문에 폄하되어 곤궁한 처지에 빠진 분의 약점을 파고들어 비겁한 짓을 하다니!"

힘이 담긴 열변을 토해내며 티르나드는 다시 알리시아에게 시선을 향했다.

"하지만 그런 횡포도 이제는 끝이다! 자, 알리시아 님. 이쪽으로 오십시오! 당신은 아무 걱정 안 하셔도 됩니다. 돈 문제라면 제가……!"

"저런, 레이덴 백작께서는 이분을 구할 생각으로 오셨는가. 딱 아가씨가 좋아할만한 이야기책에 나오는 싸구려 정의감에 불타는 왕자님이시군."

한층 더 낮은 목소리를 내며 카슈반은 알리시아와 티르나드 사이에 끼어들었다.

움찔해서 몸을 굳히는 티르나드와 뒤에 달라붙어 떠는 유란을 내려다보며 카슈반은 흥하고 코웃음을 쳤다.

그리고 카슈반은 내친김에 알리시아를 끌어당겼다.

"꺄!"

허리에 손을 둘렀다고 생각한 순간, 알리시아의 발끝이 허공에 떴다.

이어서 입술에 부드러운 것이 와 닿는 감촉에 알리시아는 눈을 껌벅거렸다.

"이, 이놈……!"

신부를 팔에 안은 채 카슈반은 할 말을 잃은 티르나드를 향해 히죽 웃었다.

부하들에게 제압된 자신의 부하들이 비쳤다.

예기치 못한 습격으로 한번은 강제침입에 성공했지만 라이센 가의 경비병들은 상당히 우수했다.

"하지만 성직자 후견인뿐만 아니라 성스러운 문장을 새긴 기사들까지 달고 오다니. 신의 손도 구원할 자를 선택하는가…… 도움이 되진 않는 듯합니다만."

한순간 카슈반은 몹시 불쾌한지 눈을 가늘게 떴지만 바로 원래 모습으로 되돌아와 비아냥거렸다.

그 말처럼 '날개의 기도'에서 파견한 기사는 둘째 치고 유란은 티르나드 뒤에 쭈그러들어서 달라붙은 채였다.

"제, 젠장……."

분해서 중얼거린 티르나드의 시선이 뭔가를 찾으며 검은색과 붉은색으로만 구성된 홀 안을 헤맸다.

시선을 알아차린 카슈반은 웃음기가 어린 어조로 말을 계속했다.

"그런데 레이덴 백작께서는 상당히 놀란 얼굴이시군요. 아니, 놀랐다기보다 이럴 리가 없다는 느낌인가. 내가 성당에서 제대로 혼례를 집행하지 않은 점이, 그렇게까지 기대에서 벗어난 일입니까?"

야유가 담긴 질문은 티르나드의 말문을 막아버렸다.

동요를 그대로 드러낸 티르나드 뒤에서 유란은 한층 더 당황한 상태였다.

"……두고 봐라!"

열세를 자각하지 않을 수 없었다.

발길을 돌리면서도 티르나드는 외치는 것을 잊지 않았다.

"브라이언 바스틀을 잊지 마라. 신을 경시하고 지방백의 명예를 희롱한 자에게는 반드시 천벌이 내릴 것이다! 아니, 설령 신께서 용서하셔도 나는 절대로 네놈의 악행을 간과하지 않겠다!"

분노로 야윈 어깨를 부들부들 떨며 티르나드는 저택 밖으로 나갔다. 그와 카슈반을 번갈아 보면서 유란도 허둥지둥 뒤를 쫓았다.

티르나드의 부하도 카슈반은 가벼운 턱짓으로 경비병에게 놓아주라고 명령했다.

태풍처럼 들이닥친 레이덴 가의 주인과 종의 무리는 또다시 태풍처럼 떠나갔다.

"이거 참. 용기가 있는지 없는지 알 수 없는 왕자님이군."

질린 듯 혼잣말을 한 카슈반이 힐끗 등 뒤를 돌아보았다.

알리시아도 이끌리듯이 뒤를 돌아보았는데 고용인은커녕 개미 새끼 한 마리 없었다.

"그럼, 예정에서 다소 벗어났지만 이제 그대는 정식으로 내 아내요. 라이센 님이라 불리면 너무 서먹서먹하니 카슈반이라고 불러주시오."

"예. 카슈반 님."

그러고 보니 나, 처음으로 키스란 걸 해봤네.

새삼스럽게 이런 생각을 하면서 대답한 알리시아는 미소 지었다.

카슈반도 싱긋 웃고는 옆에서 잠자코 사태가 돌아가는 꼴을 지켜보던 하녀를 불렀다.

"긴 여행을 끝낸 참에 정신없게 만들어 미안하오. 그러면 노라. 마님을 방으로 모시도록. 나는 바로 영지를 순회하러 나가보겠다. 밤에는 돌아오겠다.”

말하기가 무섭게 카슈반은 망토 자락을 펄럭이며 꼿꼿한 자세로 걸었다.

그를 대신해 알리시아의 곁으로 다가온 노라가 알리시아의 짐을 끌어안고 우아하게 미소 지었다.

“호호. 주변의 농민들도 하지 않을 간소한 혼례식이었네요.”

“정말 그래요. 하지만 간단해서 딱 좋아요. 손님을 부르면 돈도 잔뜩 드니까.”

천연덕스러운 얼굴로 대답한 알리시아를 보고 노라는 입술 끝을 끌어 올렸다.

하지만 알리시아의 관심은 눈 깜짝할 사이에 끝나버린 혼례식보다 사정이 있는 듯한 수많은 말을 남기고 사라진 티르나드에게 향했다.

“하지만 레이덴 백작님은 어떻게 되셨을까. 분명히 10년쯤 전에 영지 내에 대규모 반란이 일어났다고 들었는데…… 몰살이니 화공이니 신경 쓰이네.”

카슈반과 달리, 알리시아는 레이덴 백작가를 잘 몰랐다.

결혼 상대인 라이센 공작가도 잘 모를 정도니 무리도 아니었지만, 노라는 호기심을 충족시켜줄 마음이 없었다.

“글쎄요. 그보다 마님. 이쪽으로 오시죠. 방으로 안내해드리겠습니다.”

턱을 꼿꼿하게 세운 채 노라가 걷기 시작했다.

다소 뒤가 켕기는 느낌을 받으면서도 알리시아는 하녀의 뒤를 쫓아 2층을 향해 걸었다.

알리시아의 머릿속엔 레이덴 백작 및 그 집안의 사정이 가득했다. 그러나 라이센 저택 안을 걷기가 무섭게 멋진 저택의 노예가 되었다.

벽은 한 면이 무기질 돌이거나 검은색 칠을 해놓았다. 바닥도 검은색이었다.

창문은 다 붙박이창이었는데, 크기가 매우 작았다.

창문 건너편은 울창하게 자란 검은 숲이 절반가량 차지해서 한낮인데도 저택 내부는 매우 어둑어둑했다.

저택은 여기저기 증, 개축을 반복했는지 잘 보면 벽 중간부터 색이 바뀌거나 이음새가 두드러진 모습이 많이 보였다.

사용하지 않는 방이 많았고 고용인도 거의 안 보였다.

살아서 걷는 인간보다는 기둥 위나 천장 구석에 조용히 몸을 웅크린 날개 달린 기괴한 괴물이 많았다. 그 조각을 바라보며 걷기만 해도 알리시아의 심장 박동은 한없이 높아졌다.

저택 바깥 장식과 마찬가지로 저택 내부 장식도 완벽하게 기괴했다.

알리시아는 이런 저택의 구조를 전에 본 적이 있었다.

"그래. 하르바스트의 장미 저택과 비슷해."

각 지방의 기담을 모아놓은 책에 실린 이야기에 나오는 저택과 라이센가 저택 구조는 매우 비슷했다.

―이제 후원에 장미원만 있으면 딱 좋은데.

그렇게 생각하며 나아가던 중 노라가 어떤 방 앞에서 멈췄다.

"이곳이 마님의 방입니다. 자, 들어가시죠."

문 앞에 멈춘 노라가 안내하는 대로 알리시아는 검은색으로 칠한 문을 열고 내부를 들여다보았다. 그녀는 바로 어머, 하는 소리를 냈다.

"어머, 대단해! 방이 어쩜 이렇게도 수상쩍을까!!"

흥분한 기색으로 소녀는 방 안에 뛰어들었다.

눈을 크게 뜬 노라가 들여다본 방 안에서 알리시아는 어머 소리를 되풀이하며 바쁘게 돌아다녔다.

"정말 멋져! 이렇게 넓은데 어둡기까지 하다니. 가구가 전부 검은색이랑 붉은색이네! 환상적이야! 괴물의 상이 하나, 둘…… 어머, 네 개나! 침대 위에도 있네!"

복도처럼 어둑어둑한 방은 알리시아 말처럼 칠흑과 심홍색 구성이었다.

바닥도 천장도 벽도 다 새카만 색으로 칠했고, 다른 가구도 대부분이 검은색이었다. 융단과 침구만이 음험한 심홍색을 띠었다.

높은 천장 상부는 어두워서 잘 보이지 않았지만 천장 모서리에 예의 날개 달린 괴물 상 윤곽이 희미하게 보였다.

절대 신부를 위해 준비할만한 방이 아니지만 알리시아는 에누리 없는 기쁨에 들떠 까짜 소란을 떨었다.

"카슈반 님이 이 방을 제게 주셨군요! 나중에 감사 인사를 드려야겠어요!"

"마님……."

"많은 돈을 치르시고 있어만 줘도 충분하다고 말씀하셨는데, 덤으로 내 취미에 딱 맞는 저택에 살고 계시다니!"

"……저, 마님……."

"정말 제가 그리던 이상적인 서방님이세요! 저, 사신 공주라고 불려서 정말 다행이에요!"

"마님!"

짜증이 가득 밴 노라의 큰 목소리에 알리시아는 깜짝 놀라서 뒤를 돌아보았다. 방 안으로 들어온 노라는 재빨리 짐을 침대 위에 옮겨놓았다.

"아아, 그렇지. 미안해요. 제가 너무 조심성이 없었죠. 바스틀 님께 죄송한 말을 해버렸네요."

알리시아는 반성했지만 노라가 원한 반응은 아니었던 모양이었다.

많지 않은 짐을 다 꺼내고 난폭하게 가방을 닫은 노라는 시선을 힐끗 침대 머리맡 쪽으로 던졌다.

"이건 필요 없을 것 같으므로 치우겠습니다."

그 말에 알리시아는 노라와 같은 방향을 쳐다보았다.

거기엔 순백의 신부 의상이 걸려 있었다.

알리시아가 지금 입은 드레스에 뒤지지 않을 정도로 지나치게 장식이 많았지만, 원래 예식용 의상이기 때문이리라. 오래 묵은 느낌은 들지 않았다.

"어머, 일단 준비는 해놨네요."

알리시아가 결국 입을 일이 없었던 드레스를 알아차리자, 노라는 과장된 동작으로 한숨을 쉬었다.

"사용하지는 않으셨지만요. 뭐, 카슈반 님 변덕이 하루 이틀 일은

아니지만, 기껏 수선했는데 참 아깝게 됐어요."

"어머. 노라가 수선한 거예요?"

"예."

노라는 자랑스러워하며 말했다. 뒤이어는 짓궂은 기운이 어린 목소리를 냈다.

"뭣보다 마님이 이런 분이라고는 생각하지 못했던지라 어차피 다시 수선했겠지만요."

굳이 자신과 비교하지 않아도 빈약한 알리시아의 가슴께를 힐끗 쳐다보며 노라는 말을 던졌다.

알리시아는 약간 맹하니 밝게 웃었다.

"어머. 그러네요. 그러고 보니 내게 여러 가지 소문이 있죠. 눈이 세 개라든가 뿔이 났다든가."

사신 공주에 대한 소문은 알리시아 자신도 몇 개인가 들어보았다.

소문을 늘어놓고 있는 사이에 왠지 즐거워져서 알리시아는 묘하게 들뜬 목소리로 이렇게 말했다.

"아마 그중에는 내 키가 산보다 커서, 바스틀 님을 밟아 죽였다는 이야기도 있었죠. 하지만 내가 산보다 컸다면 옷 한 벌 준비하는 데 많은 돈이 들 거예요."

"마님!"

또다시 큰 소리를 낸 노라의 목소리에 알리시아의 이야기가 중단되었다.

자신을 진정시키려고 한숨을 내쉰 노라는 호화로운 신부 의상을 손에 들고 아름다운 미소를 지었다.

"당신이 오시지 않았다면 카슈반 님을 위해 이걸 입는 사람은 저 였겠죠. 어쩌면 그분은 그럴 생각에 마님께 이 드레스를 입히지 않았 을지도 모르겠네요."

이 말엔 알리시아도 조금 놀라서 의아한 표정을 지었다.

드디어 바라던 반응을 끌어낸 노라는 한층 더 생긋 우아하게 웃으 면서 정색한 목소리를 냈다.

"자기소개가 늦었습니다. 저는 하녀 겸 카슈반 님의 애인. 몇 년 동안 주인님께서 무우척 귀여워해 주셨답니다."

강하게 그 부분을 강조한 노라는 멍청히 선 알리시아에게 '이겼다' 는 얼굴을 해 보이고는 마지막으로 이렇게 매듭지었다.

"그러니 마님. 카슈반 님도 말씀하셨듯이 이곳에 머물러만 계시면 된답니다. 지내다 보면 도망치고 싶어질지도 모르지만요……. 그럼, 실례하겠습니다."

불온한 말을 남기고 신부 의상을 손에 든 노라는 방을 나갔다.

멍청히 자리에 못 박힌 채 노라를 보낸 알리시아는 입속에서 말을 되새겼다.

"노라가 카슈반 님의 애인……."

안경 속의 푸른 눈동자가 다음 순간, 반짝반짝하고 빛났다.

"대단해. 역시 카슈반 님은 부자였어! 역시 부자에겐 애인이 얽힌 처참한 이야기가 많은 법이지!"

매우 기뻐하는 듯한 독백은 다행히 누구의 귀에도 들어가지 않 았다.

신부 의상을 들고 밖으로 나갔던 노라는 다시 돌아와 알리시아에게 라이센 저택을 대충 안내해주었다. 하지만 "이 앞은 하인들의 방입니다", "저곳이 카슈반 님의 방입니다"라고 걸으면서 대충 말해주었을 뿐이었다.

다른 고용인들은 하녀에게 이끌려 얌전히 걸어 다니는 마님을 멀리서 지켜보기만 할 뿐, 인사를 건네기는커녕 가까이 다가오지도 않았다.

알리시아는 특별히 신경 쓰지 않고 저택 안에 자신의 취향이 그대로 배어 있음을 다시 확인하고 크게 만족했다.

어둑어둑하고 여기저기 검고 붉은색 천지에 덤으로 구조까지 복잡했다.

침입자를 경계해서 그럴지도 모르지만, 저택 구조에 익숙한 노라조차도 때때로 코너를 잘못 돌면 온몸에 전율이 흘렀다.

혼례식이 끝나기 무섭게 모습을 감춘 남편도 잊어버린 알리시아는 "이건 뭐야?", "저건 왜?"를 연발했다. 차갑게 대꾸하는 노라의 대답에도 소란을 떨었다.

그 중에서도 저택의 뒤에 있는 황폐한 화원이 알리시아의 호기심을 가장 강하게 자극했다.

알리시아가 죽고 못 사는 괴기 소설에 나오는 묘사처럼 상부는 유리였고, 바람이 통하게 벽에 작은 창문이 높이 달렸을 뿐 내부는 전혀 보이지 않았다.

흥분한 알리시아는 화원 입구인 검은 문까지 똑바로 걸어가려고 했다.

하지만 바로 직전에 낯빛까지 바꾼 노라에게 붙잡혔다.

"마님. 목숨이 아까우시다면 저곳에 가까이 가지 마세요. 마님이 그러시면 제가 주인님께 꾸중을 듣습니다!"

하아하아 거친 숨을 내쉬는 노라의 기백에 제아무리 알리시아라도 포기할 수밖에 없었다.

왜 가까이 가면 안 되는지 이유도 설명할 수 없다고 했다.

알리시아는 미련을 가득 남긴 채 분위기가 발군인 건물을 뒤로 했다.

그러던 사이 해가 완전히 지고 창밖에 본격적인 어둠이 찾아왔다.

자기 방으로 돌아온 알리시아는 침대를 정리하는 노라를 바라보면 후와아 작게 하품을 했다.

"……아아. 안 되지. 오늘 밤은 자면 안 돼."

본가에서는 등불을 아끼기 위해 기본적으로 해가 지면 잠자리에 드는 생활을 했다.

밭일을 하려면 빨리 일어나야 했기에 창밖이 어두워지면 자동으로 졸렸다.

그러나 오늘 밤엔 일단 새신부로서 치를 일이 있다.

공교롭게도 부모님을 어린 나이에 여읜 알리시아는 일반적으로 어머니에게 배우는 정규 예법은 익히지 못했다.

그러므로 이번에 시집온 곳에서 독자적인 관습에 따를 필요가 있었다.

"저기, 노라. 라이센의 관습으로는 초야를 어떻게 치르죠?"

"예?"

손을 멈추고 이상한 소리를 낸 노라에게 알리시아는 계속 물었다.

"혼례식은 간단하게 치렀지만 초야도 간단하게 치를까요?"

"……간단히, 말인가요. 뭐 남자분이 적당히 생략하고자 생각한다면 얼마든지 여러 가지를 생략할 수 있습니다만……."

알리시아의 말에 이끌리듯이 말하던 노라는 당황해서 화제를 바꾸었다.

"이 아니라! 마님. 카슈반 님은 매우 바쁘신 분이랍니다. 혼례식도 그렇게 간략하게 치르셨는데 초야 같은 건……."

"어머. 하지만 밤에는 돌아오실 거라 말씀하셨잖아요?"

그 한마디에 노라의 얼굴에 혀를 차고 싶은 표정이 떠올랐다.

뜻밖에 귀가 밝네. 노라는 혼자 중얼거렸다.

하지만 다음 순간, 노라는 자신의 주특기인 웃는 얼굴을 만들며 말했다.

"아뇨. 마님. 주인님께서는 저를 만나러 일부러 돌아오시는 거랍니다. 그러니까 아까 말씀드렸잖아요. 저는."

"그랬지. 노라는 애인이었죠."

너무나도 시원스럽게 수긍한 알리시아는 어중간한 부분에서 말이 막힌 하녀에게 천진난만한 웃음을 지었다.

"그럼 노라. 서방님을 잘 부탁해요. 이 방을 주셔서 무척 감사드린다고 전해줘요."

말하자마자 알리시아는 타박타박 새까만 침대로 다가가 새빨간 이불을 들치고 미끄러져 들어갔다.

안경을 벗어 머리맡에 두고 황갈색 머리카락을 베개 위에 넓게 펼치면서 말했다.

"그리고 노라, 고마워요. 오랜만에 다른 사람이 침대 정리를 해주었네요. 우리 집에서는 어지간한 일이 아니면 하인을 두지 않아서 자기 일은 다 자기가 했거든요."

좋은 의미로도 나쁜 의미로도 한없이 천진난만하고 순수하게 알리시아가 웃었다.

두꺼운 안경을 벗었기 때문에 근시인 사람 특유의 살짝 물기를 머금은 듯한 눈동자가 촛불에 흔들렸다.

"앞으로도 계속 날 돌봐주겠지요. 기뻐요, 노라. 우리 사이좋게 지내요."

"……마님, 송구스럽습니다만 그쪽은 옷장입니다. 전 여기 있습니다."

흑백 하녀복을 입고, 아름다운 빨간 머리를 가진 노라의 기본적인 색조는 이 방의 가구와 비슷했다.

노라는 맨눈으로 자신과 옷장을 구별하지 못하는 알리시아에게 한마디 정정하는 말을 건넸다.

"어머, 미안해요. 이쪽이라고요. 그럼 잘 부탁해요, 노라. 잘 자요."

"……예. 그럼 안녕히 주무세요. 마님."

그쪽은 긴 의자입니다.

노라는 그 말을 포함해 다른 말 몇 개를 꿀꺽 삼키고는 테이블 위에 놓아둔 촛불을 불어 끄려고 했다.

그때, 방 밖에서 문을 두드리는 소리가 울렸다. 알리시아는 몸을 일으키고는 이상하다는 얼굴을 했다.

"어머. 카슈반 님이신가?"

노라는 갑자기 당황한 얼굴을 하고 빠른 발걸음으로 문으로 다가갔다.

문을 열 때마다 끽하고 알리시아가 기뻐하는 소리를 내는 문이 살짝 열리면서 중년에 검은 머리카락을 가진 하녀가 얼굴을 내밀었다.

"밤중에 실례하겠습니다. 마님. 오늘 밤에는……."

말을 듣기가 무섭게 노라는 바로 문을 열고 밖으로 나갔다. 그 행동에 중년 하녀가 놀랐지만 노라는 개의치 않았다.

두 사람은 잠시 복도에서 소곤소곤 이야기를 계속했다.

이윽고 노라만 방으로 돌아왔다.

어떻게 된 걸까. 말하고 싶은 표정으로 기다리던 알리시아에게 노라는 웃는 얼굴로 보고했다.

"마님. 카슈반 님이 돌아오신 것 같습니다. 죄송합니다만 저는 이만 물러나겠습니다."

"어머. 그래요. 그럼 서방님을 잘 부탁해요. 노라."

이번에도 노라가 서 있는 곳에서 미묘하게 벗어난 데를 바라보며 알리시아가 말했다.

하지만 말을 듣는 노라의 표정은 매우 환했다. 무척 기분이 좋다는 표정으로 촛불을 불어 끄고는 퇴실했다.

정적에 가득 찬 어두운 저택에 문을 두드리는 소리가 울렸다.

방문자의 존재를 알아차린 카슈반이 누구냐고 묻자 노라가 대답을 했다.

의외라는 듯이 한쪽 눈썹을 가볍게 치켜세우면서 책상에서 일어선 카슈반은 하녀를 방 안에 들였다.

"뭔가, 노라군. 무슨 일이냐?"

"방금 세일러에게 들었습니다. 카슈반 님은 마님과 초야를 치를 생각이 없다고 말씀하셨다더군요."

도중에 살짝 화장을 고치고 온 노라의 얼굴은 지나치게 화려한 경향이 있었지만 분명히 아름다웠다.

명백히 무엇을 기대하는 표정에 카슈반은 노라의 생각을 읽어냈다.

"당분간이라고 말을 덧붙여서 전했을 텐데."

"마음에도 없는 말씀은 하지 마세요. 저는 알았답니다. 카슈반 님은 극히 일반적인 여성 취향을 가지셨는걸요. 적어도 모든 곳이 완전히 절벽인 유아 체형 여성은 취향이 아니시죠."

노라는 양팔로 풍만한 가슴을 짓누르듯이 모으는, 알아채기 쉬운 교태를 부렸다.

"게다가 일부러 순진한 아가씨인 척하는 아이에게 속아 넘어가지 않으시겠죠. 저는 알 수 있어요. 저 여자, 저래 봬도 상당한 선수예요. 여자에게 익숙하지 않은 남자라면 순진하게 속아 넘어가겠죠. 다행스럽게도 카슈반 님께는 제가 붙어 있지만요."

모든 의미에서 자신과 정반대인 알리시아의 존재가 노라에게는 꽤 신경에 거슬리는 모양이었다.

알리시아는 깎아내리며 자신을 더 치켜세우는 하녀에게 카슈반이 입꼬리를 끌어올렸다. 옅은 미소를 지어주며 그는 의미심장하게 중얼거렸다.

"상당한 선수라. 그것대로 마음이 든든하지 않겠나. 아즈베르그의 폭군에게 잘 어울리는 아내가 되겠지."

생각지도 못한 말에 노라가 표정을 굳혔다.

주인은 소리 없이 웃어 보이며 말을 계속했다.

"신부가 눈이 세 개든 뿔이 났든 상관없이 들였지만, 생각과 전혀 다른 의미로 별난 여자야. 색기라고는 눈을 씻고 찾아도 분명히 없지만. 그렇군…… 조금이나마 관심이 가. 부정하지 않겠다."

노라의 표정이 계속 굳었다.

그러나 무슨 말을 꺼내기도 전에 카슈반은 샥 이야기의 방향을 바꾸었다.

"하지만 너도 알겠지. 나는 유유히 신혼 생활 놀이를 할 여유가 없다. 그러니 알리시아도, 더불어 너든 다른 여자든 당분간 방으로 부를 생각은 없어."

책상을 좁아 보이게 하는 책상 한가득 펼쳐진 편지들을 가리키는 카슈반은 태연한 얼굴이었다.

노라는 한층 더 불만스러워 보였지만 카슈반은 왜인지 천장 부근을 바라보았다.

"게다가 한창 그것에 열중할 때 남자는 무방비해지니까."

"예?"

"아무것도 아니다. 그보다 말을 알아들었으면 방으로 돌아가라. 네게 기대하는 역할은 남자에게 익숙하지 않은 공주님을 대신해 초야를 치르는 게 아니야."

카슈반은 입가에 여전히 미소를 띠고 있었지만 눈은 웃지 않았다. 웃음기가 전혀 담기지 않은 날카로운 눈으로 카슈반은 이렇게 말했다.

"사신 공주의 하녀로 나를 성가시게 하지 않고 집안일을 적절히 잘 처리해나간다. 네가 먼저 말을 꺼냈던 일이다. 잊지 말아라."

잘못 알지 마라. 그는 살짝 박력이 깃든 목소리로 다시 한번 쐐기를 박았다.

유란도 카슈반 자신도 입에 올렸던 '아즈베르그의 폭군'에 잘 어울리는 위압감이 지금 떠돌았다.

노라는 움찔해서 몸을 굳히며 저도 모르게 한 발 뒤로 물러섰다. 하지만 곧 자리에 멈췄다.

"예. 물론 하녀로서 일을 다 할 겁니다. 다망하신 주인님을 대신해 제가 그분이 어떤지 확실하게 알아보겠습니다. 기대해주세요!"

도발적인 말을 남기고 노라는 풍만한 가슴을 흔들며 방을 나섰다.

"뻔뻔한 데다 계산이 빠르니 너도 내게 잘 어울리는 하녀로군. 여자라면 그 정도는 돼줘야지."

혼잣말을 한 카슈반은 책상에 다시 자리를 잡고 앉아서 창문 밖으로 시선을 던졌다.

숲의 진정한 어둠 속, 이 시각에는 망을 보려고 저택 밖에 피워둔 불만 보일 터였다. 저택 주변에 사는 사람은 없으니까.

그러나 오늘 밤엔 건너편에 또 한 덩어리, 다른 불빛이 흔들리고 있었다.

다수의 사람 그림자와 천막으로 추측되는 물체도 보였다.

"자. 지금부터 일이 어떻게 될까."

검은 눈동자 속에 먼 곳에서 붉게 춤추는 불꽃을 담으며 카슈반은 대범하게 중얼거렸다.

[제2장] 정실부인은 모르는 애인의 마음

　신혼 첫날. 말 울음소리와 사람들이 대화를 나누는 목소리가 알리시아를 깨웠다.

　"……어머. 이럼 안 되지."

　지나치게 멋진 악몽을 꾸기를 바란 나머지, 드물게도 노라가 방에서 나간 후에도 좀처럼 잠을 이루지 못했다.

　그만 늦잠을 자 버린 알리시아는 침대에서 뛰쳐나와 옷을 갈아입었다.

　그러는 중 문을 두드리는 소리가 울리고, 노라가 부르는 목소리가 들렸다.

　"마님. 안녕하세요. 일어나셨나요?"

　아직 제대로 입지 못했지만, 상대가 노라였기에 알리시아는 "일어났어요"라고 대답했다.

　"안녕하세요. ……어머. 어머. 어머나아."

　방 안으로 들어온 노라는 눈앞의 광경이 사뭇 재미있는지 키득 웃고서 열심히 옷을 갈아입는 알리시아에게 용건을 전달했다.

　"마님. 사실은 마님께 손님이 찾아오셨습니다. 카슈반 님께 말씀드리니 손님을 들여도 좋다 하셨기에 지금 응접실에서 기다리고 계십니다만…… 어떻게 할까요?"

"에? 나한테? 누구신데요?"

갑작스러운 일에 놀란 알리시아에게 노라는 살피는 시선을 보냈다.

"어제 만나신 레이덴 백작 각하와 후견인이십니다. 보통 남편이라면 남자 손님이 새 신부를 만나는 걸 좋아하지 않았을 텐데요. 어떻게 할까요?"

노라의 말에 섞인 비아냥에는 반응하지 않고 알리시아는 아무 일도 아닌 듯 대화를 계속했다.

"어, 그러니까 카슈반 님께서 손님을 들여도 좋다고 하셨죠? 그런데 카슈반 님은요?"

"……주인님은 바쁘신 분이니까요. 방금 출타하셨습니다."

조금 전에 들린 말 울음은 카슈반이 외출하는 소리였음이 틀림없다.

"무척 근면한 서방님이시네요. 나도 참. 외출하시는데 인사도 못 드렸네요."

호호 노라는 다시 재미있다는 듯이 웃었다.

"아뇨아뇨. 카슈반 님도 말씀하셨지요? 마님은 그저 이곳에 계셔 주시면 된다고. 주인님이 외출하실 때마다 일일이 인사하지 않으셔도 된답니다."

"어머. 그랬죠. 그럼 찾아온 손님을 상대하지 않아도 될까요?"

티르나드와 유란을 무시하려는 발언에 노라는 당황한 얼굴을 했다.

"아뇨! 그러시면 안 됩니다. 주인님께서 들이라고 말씀하신 손님입니다. 제대로 접대하지 않으시면 가문의 명예에 먹칠하게 됩니다!"

"역시 그렇겠죠. 알았어요. 노라. 내가 접대하죠."

주인이 부재중일 때 손님을 대접하는 것이 아내의 역할이다.

알리시아가 겨우 옷매무시를 가다듬고 방을 나서려 했을 때였다.
배가 작은 소리를 냈다.

"어머. 싫어라."

살짝 창피해하며, 알리시아는 노라에게 물었다.

"혹시 레이덴 백작님께 다과라도 내드렸나요? 미안하지만 나 뭔가
먹고 와도 될까요?"

이대로라면 손님 앞에서 배가 다시 꾸르륵 울릴 것 같았다.

그러나 알리시아의 말에 한순간 침묵한 노라는 다음 순간, 불성실
함이 훤히 드러난 목소리로 대답했다.

"드시는 것은 상관없지만, 레이덴 백작 각하가 응접실에서 계속
기다리고 계십니다. 마님의 지시를 받지 못했기 때문에 차도 과자도
내놓지 못했습니다."

"그러면 안 되죠. 미안하지만 레이덴 백작 각하께 뭔가 내어드리겠
어요?"

"'뭔가', 라는 말씀만으로 무엇을 내어드릴지 알 수 없답니다. 마님.
어제 저택 안을 한 바퀴 안내해드렸죠. 무엇을 어떻게 내어놓지, 확
실하게 명령해주시지 않으면 무엇을 어떻게 할지 알 수 없습니다."

"저쪽이 응접실입니다" 정도만 안내했던 하녀의 입에서 상세한 명
령을 요구하는 고압적인 말이 흘러나왔다.

멍청히 선 알리시아를 내려다보며 노라는 팔짱을 끼었다.

"미리 말씀드리지만, 다른 고용인에게 도움을 요청하셔도 소용없습니다. 저는 마님 전속, 오직 하나뿐인 하녀입니다. 이 저택에 고용인 수가 적은지 이미 알고 계시겠죠? 그저 집에 계시면 되는 마님께 더 이상 인원을 할당할 수 없답니다."

"어머. 그래요? 내가 정해야 하는군요."

심각함이 느껴지지 않는 목소리로 중얼거린 알리시아는 잠시 생각을 해본 끝에 아, 그렇지. 고개를 끄덕였다.

다른 방과 마찬가지로 검은 바닥과 검은 벽에 둘러싸인 응접실에서 따뜻한 기운이 피어올랐다.

라이센의 아내로서 긴 탁자의 상석에 자리를 잡은 알리시아는 대각선 건너편 자리에 앉은 티르나드와 유란에게 생글생글 웃으며 식사를 권했다.

"자, 사양하지 말고 드세요. 저도 먹을 테니까요."

"아. 예."

티르나드는 곤혹스러운 모습으로 눈앞에 차려진 요리 접시를 바라보고 있었다.

뭘 내어놓을지 결정해달라는 말에 알리시아는 정말로 뭘 내놓을지 정하러 주방에 갔다.

갑자기 안주인이 주방에 나타나는 바람에 요리사들은 깜짝 놀랐다. 그런 모습을 곁눈으로 바라보며 알리시아는 식재료를 물색했다.

그러는 와중에도 배는 계속해서 꾸르륵꾸르륵하는 소리를 냈다.

알리시아는 3인분의 빵에 채소와 튀긴 고기를 끼워 넣은 가벼운 식사를 재빨리 만들어 들고 손님이 기다리는 응접실로 향했다.

괜찮은 과자 종류도 발견하지 못했고 제 배도 달랠 필요가 있었기에 제일 좋은 해결책이라고 생각했다.

그러나 티르나드와 노라는 좋은 해결책이라 생각하지 않는 듯했다.

두 사람은 덥석덥석 먹기 시작한 알리시아를 상당히 곤혹스러운 눈으로 바라보았다.

티르나드는 아침 식사를 마친지 얼마 안 된 위에는 부담스러운 음식을 어떻게 할까 생각하는 눈치였다.

반면 노라는 알리시아의 기세에 말려서 결국 도와준 꼴이 된 자신을 원망했다.

"정말이지, 스스로 식사를 만드는 아가씨라니 들은 적도 없어요! 이분, 진짜 사신 공주 맞나요. 혹시 사신 공주 밑에서 일하던 아이가 아닐까요."

알리시아의 등 뒤에 선 노라가 작은 목소리로 투덜거렸다.

하지만 알리시아 본인은 식욕을 채우는 일에 정신이 없어 알아차리지 못했다.

"우와아. 페이트린 가의 아가씨가 직접 만드셨다니! 감격했습니다. 그렇죠? 도련님."

기쁜 듯이 말한 사람은 유란이었다.

유란은 생글거리면서 옆에 앉은 티르나드의 동의를 구했다.

바보스러울 정도로 느긋하게 웃는 얼굴을 보고 거꾸로 티르나드는 이곳에 온 목적을 기억해냈다.

"우리는 식사를 하러 오지 않았다 유란! 알리시아 님에게 이야기를 하려고 왔어. 말씀은 들으셨겠지요. 알리시아 님!"

"아뇨."

그러고 보니 이유를 못 들었네.

일단 배를 채운 알리시아가 차갑게 대답했다.

초장부터 알리시아가 차갑게 반응하자 티르나드는 더는 아무 말도 하지 못했다.

"드…… 듣지 못하셨다니……. 제길, 라이센 놈…… 그래서 손쉽게 들여보내 주었어."

카슈반이 일부러 말을 전하지 않았으리라 생각했나 보다.

작게 욕설을 내뱉은 티르나드는 어떻게든 기세를 유지하려고 말을 이었다.

"저는 당신을 구하러 왔습니다. 바스틀에서 해방되었다고 생각했더니 이번에는 라이센……. 돈으로 팔려가 다른 사람의 의지에 운명이 희롱당하는 당신을 구해드리고 싶습니다."

티르나드는 역시나 새카만 색을 띤 탁자 위에 올려놓은 손을 꽉 쥐면서 진지한 눈으로 알리시아를 바라보았다.

알리시아는 여전히 잘 모르겠다는 얼굴로 그를 쳐다봤다. 하지만 티르나드에게는 그조차도 애처로워 보였나보다.

"……저는 당신이 얼마나 힘든지 알고 있습니다. 왜냐면 저도…… 타인이 좋을 대로 이용해먹었으니까요."

"어머. 레이덴 백작님도 두 번이나 시집을 가셨나요?"

"아닙니다! 지방백 집안에서 태어났으면서 하극상이라는 말도 안 되는 기풍에 휘말려 고통을 받았다는 의미입니다!"

알리시아는 아아 그러냐는 표정을 지었다.

"분명히 그렇겠네요. 레이덴 지방의 영주는 이제 레이덴 가문이 아니니까요."

알리시아도 레이덴 지방이라는 지명은 알았다.

분명히 아즈베르그 동쪽, 험준한 산맥을 꼈지만 녹지가 풍부한 지역이었다. 페이트린처럼 토지가 비옥하고 다양한 채소와 밀 생산지로 유명했다.

지방백 레이덴 가문이 다스리는 지역으로, 페이트린과 달리 최근까지 예로부터의 강고한 권력을 유지했다.

그러나 10년 전쯤 하극상이 한창 유행했을 때보다 상당한 시간이 흐른 후에야 농민이 반란을 일으켰다.

강고한 권력을 유지하려고 강압적으로 지배해서 문제가 되었을까. 농민이 분출한 불만에 결국 레이덴 가는 무너졌다.

통일된 지배력이 사라지자 이번에는 레이덴 가를 전복시킨 자들 사이에 내분이 일어났다. 영주의 권한은 이리저리 찢어지고 분산되어 국왕조차 사태를 수습할 수 없어 레이덴 지방은 혼란의 정점에 달해 있을 터였다.

"아뇨. 알리시아 님. 레이덴 영주의 지위는 지금도 레이덴 가의 것입니다."

티르나드는 자신만만하게 말했다.

옆에서 유란도 고개를 끄덕이며 말을 덧붙였다.

"제가 후견인이 된 후 '날개의 기도' 교단 전체가 하나가 되어 티르나드 도련님을 지원해 다시 영주의 위치로 되돌려놓았습니다. 교단에서도 더는 그 땅의 혼란을 내버려 둘 수 없었으니까요."

"아. 그래서 유란 님이 후견인이 되셨군요."

미성년자가 높은 지위를 이어받을 경우, 일반적으로 성년이 될 때까지 친척이 후견인이 된다.

그러나 10년 전 난리 통에 레이덴 일족이 대부분 몰살했다.

이런 경우 국왕이나 상위의 영주, 아니면 귀족 가문에 파견한 '날개의 기도'의 성직자가 후견인이 된다.

"레이덴 백작님이 성인이 되실 때까지 영주의 권한도 유란 님이 가지시네요? 세금도 거두실 수 있겠네요. 부러워라."

후견인이란 피후견인의 법정 대리인이다. 피후견인을 보호하며 피후견인을 대신해 의사 결정을 내리거나 권한을 대행할 수 있다.

그래서 높은 지위를 가진 미성년자의 후견인 자리를 차고앉아서 달콤한 즙을 빨아먹으려는 자가 끊이지 않는다.

후견인에게 두 번이나 팔려 시집을 간 알리시아도 사실 그런 경우였다.

티르나드는 또다시 고개를 저었다.

"형식상으로는 그렇지만 유란은 제 허락 없이 멋대로 영주의 권한을 행사하지 않습니다. 거둔 세금을 쓸 곳도 일일이 보고하지요. 그래서 저는 겁쟁이에 눈치도 없고, 쓸데없는 소리나 흘리는 쓸모없는 성직자를 곁에 둡니다."

도저히 피후견인이라고는 생각할 수 없는 태도로 잘난 척 딱 자른

티르나드는 말을 이었다.

"그러니 걱정하지 마십시오. 라이센이 당신께 어디까지 해줄지는 모르겠습니다만, 그래 봤자 가난한 변경 지역 영주에 불과합니다. 풍부한 레이덴의 이익을 손에 넣을 수 있는 제가 어떤 부자유도 없는 생활을 약속드리겠습니다."

중간부터 설교 조로 바뀐 티르나드의 말을 듣고, 유란은 조용히 웃으면서 참견했다.

"사실 제가 도련님의 후견인이 되기 전에 몇 분이나 도련님의 후견인이 계셨습니다만. 그분들은 레이덴의 이름을 이용하고 싶었을 뿐이었지요. 도련님은 실컷 이용만 당하고 버림받으셨습니다. 그래서 완전히 후견인 불신에…… 에구구."

무심코 쓸데없는 소리까지 다시 말해버린 후견인을 티르나드가 찌릿 노려보았다.

그러나 무심코 말해버린 내용은 티르나드가 지금 말하려던 내용이었다.

"……그렇습니다. 방패가 되어줄 사람을 잃어버린 제게 상냥한 목소리로 다가온 자들은 아주 많았습니다. 하지만 다들 제가 이어받을 레이덴의 이름을 노리고 접근했습니다. 제 기분은 아무도 생각해주지 않았죠."

알리시아와 달리 티르나드는 몇 년은 지방백에 어울리는 생활을 경험했을 터였다.

영광의 정점에서 내쫓겨 후견인 사이를 전전한 일은 꽤나 괴로운 경험이었으리라. 티르나드의 목소리는 어두웠고, 고뇌와 고통스러움이 배어 나왔다.

"당신도 그렇지 않습니까. 명문가에서 태어난 여성의 결혼은 단순히 좋고 싫은 감정만으로 성립하지 않음을 압니다. 하지만 전남편과 결혼식을 올린 지 1년 정도밖에 지나지 않았는데, 재혼하시다뇨. 그것도 라이센 같은 놈과…… 정말이지, 너무나 가여운 일입니다."

"아뇨. 저는 시간이 더 흐르기 전에 카슈반 님이 사주셔서 기쁘다고 생각하는데요."

목소리를 부르르 떨며 내뱉는 동정에 알리시아는 동조하지 않고 시원스럽게 고개를 저었다.

덧붙여서 티르나드는 막 꺼내려고 준비하던 말이 목에 걸렸다. 사레가 들려 콜록콜록 기침을 시작했다.

"뜨악! 도련님. 괜찮으세요?"

옆에 있던 유란이 서둘러 등을 쓸어주었지만 도움이 되지 않는 듯했다.

보다 못한 노라가 물병을 기울여 금속제의 컵에 물을 따라 건네며 말을 걸었다.

"저, 레이덴 백작님? 죄송하지만 이분께는 정상적인 이야기를 하셔도 소용없을 겁니다. 뭐, 여기서 데리고 나가신다면야 솔직히 반대하지 않겠습니다만."

그러나 티르나드는 노라가 접근하기가 무섭게 과장된 몸짓으로 뒤로 물러났다.

"가까이 오지 마라! 귀족에게 접근하는 하녀는 다 돈이 목적이다! 특히 가슴이 크고 화장이 짙은 여자는 주의할 인물이다! 달콤한 목소리를 내면서 다가와서 남자를 유혹해 돈을 뜯어낼 속셈이지!"

과거 안 좋은 기억이라도 떠올랐을까. 막혀 있던 목까지 뚫고 말이 시원하게 튀어나왔다.

어떤 의미로는 딱 들어맞는 말이 나란히 쏟아지자 노라는 뺨을 실룩거렸다.

"……뭐, 뭐죠. 실례잖아요. 나이를 먹을 만큼 먹고도 후견인을 계속 옆에 끼고 다니는 유약해 빠진 남자를 상대할 것 같나요!"

"뭐라! 하녀 주제에 손님에게 무슨 말버릇이냐! 라이센은 고용인 교육을 어떻게 하는 거야!"

"자, 자, 자자."

유란이 중재하려 했지만 티르나드도 노라도 돌아보지 않았다.

그런 가운데, 이번에는 알리시아가 느긋한 목소리로 끼어들었다.

"괜찮습니다. 레이덴 백작님. 노라는 이미 카슈반 님의 애인이니까요."

레이덴 가의 주인과 후견인은 흠칫 놀라는 얼굴이었고 노라도 움직임을 멈추었다.

그러나 알리시아는 생긋거리면서 노라를 보며 말을 계속했다.

"그렇죠? 노라. 아무리 노라라도 한번에 두 남성의 애인이 되기는 힘들겠죠. 몸이 버티지 못할 거야."

"하하. 그러네요. 라이센 공작 각하를 상대하려면 상당한 체력이 필요할 듯하니 말입니다. ……그 점에서 우리 도련님을 상대하기는 간단간단, 에구구."

저도 모르게 알리시아에게 동조한 끝에 쓸데없는 소리를 입에 올린 유란이었다.

옆에서 티르나드는 어깨를 와들와들 떨었다.

"신혼 첫날인데 벌써 애인을 뒀다고……?! 아무리 돈으로 샀다 한들 너무 심하잖아……!"

격렬한 목소리로 외친 티르나드는 큰 소리를 내며 의자에서 일어섰다.

그러고는 깊이 생각하는 시선으로 알리시아를 바라보며 중얼거렸다.

"역시 당신을 여기 둘 수 없습니다! 당신을 위해서, 아즈베르그와 레이덴의 백성들을 위해서도. 하극상의 풍조를 온몸으로 표현하는 그런 남자가 제멋대로 판치게 놔둔다면 분명히 분쟁의 씨앗이 될 겁니다……."

사명감이 깃든 눈동자에는 어떤 종류의 열의가 담겼다.

그 열의에서 강한 의지를 느꼈지만 동시에 무척 위험한 무언가도 느꼈다.

"라이센에게 전해주십시오. 제가 보내는 경고입니다. 지방백의 명예를 돈으로 살 수 있다 생각하는 천박한 벼락출세 귀족에게는 반드시 천벌이 내릴 것입니다. 바스틀처럼."

"아, 바스틀 님은 벼락출세한 귀족은 아니신데요."

알리시아는 매우 평범하게 말했지만 티르나드는 바보 취급하듯 웃을 뿐이었다.

"그 녀석은 지방백도 아닐뿐더러 영주도 아닙니다. 단순히 조금 넓은 토지를 소유했을 뿐인 삼류 귀족이죠. 그런 놈이 아낌없이 돈을

풀어 당신을 산 라이센과 어디가 다릅니까."

듣고 보니 그러네.

알리시아는 일단 입을 다물었다.

한편 완전히 기세가 오른 티르나드는 연극조로 팔을 휘두르고 몸짓하며 말을 계속했다.

"사신 공주라는 알리시아 님의 호칭. 저는 나쁘다고만 생각하지 않습니다. 명문가 페이트린의 이름을 이용하려는 상스런 자에게 죽음의 심판을 내리는 사신 공주. 그런 의미로 말입니다."

티르나드는 여전히 위험한 눈빛을 한 채, 아직 앳된 티가 남은 얼굴에는 어울리지 않는 대사를 늘어놓았다.

그러나 아직도 어리둥절한 알리시아와 시선이 마주치자 눈에 깃들었던 열기는 약해졌고 입에서 나오는 말도 기세를 잃어갔다.

티르나드의 사상과 알리시아의 생각은 너무나도 달랐다. 그런 상황에서 자신의 의지를 관철하는 강인한 사람은 많지 않았다.

"알리시아 님은 분명히 그…… 조금, 예, 아주 조금 별난 구석이 있는 분이십니다. 그래서 저는 당신을 이용하려는 무리를 용서할 수 없습니다. 만약 라이센이나 저 하녀에게 험한 꼴을 당하신다면 사양 말고 말씀해주십시오. 어이, 돌아가자. 유란."

조금 초조한지 후반부에 속사포처럼 말을 토해낸 티르나드는 혼자 발길을 돌려 재빨리 방을 나섰다.

"입에 맞지 않으셨나 보네."

손도 대지 않은 요리를 보고 알리시아가 중얼거렸다.

"아아. 그럼 제가 먹겠습니다. 오, 맛있군요. 알리시아 님은 요리도 잘하시네요."

유란이 티르나드가 남기고 간 요리에 손을 댔다.

알리시아는 나갈 기미를 보이지 않는 유란이 의아해서 물어보았다.

"백작님을 안 따라가셔도 괜찮으신가요?"

"그것도 그렇고 두 분은 대체 어디서 지내시죠? 백작님께서 돌아가신다고 말씀하셨습니다만, 설마 레이덴 영지와 여기를 왕복하시진 않으시겠죠?"

아즈베르그의 땅은 척박했지만 그만큼 광대하다.

여기서 레이덴의 영지까지, 위험한 산맥을 넘는 시간까지 고려하면 열흘은 걸리리라.

노라가 옆에서 참견한 말까지 포함해서 유란은 사정을 설명해주었다.

"아, 예. 사실 숲 주위에 천막을 쳤습니다. 괜찮습니다. 바로 이 근처고 경비병도 대기하니까요."

"어머. 참 재밌겠어요. 그런데 준비가 매우 철저하시네요."

완전히 눈앞의 흥밋거리에 의식을 뺏긴 알리시아에 비교해서 노라는 한껏 질린 표정을 지었다.

"숲에 천막을 쳤다고요? 배짱 한번 좋으시군요. 이 숲 일대는 카슈반 님 소유입니다. 그분의 허가를 받으셨나요?"

영지 내에 멋대로 천막을 펴는 행위는 물론 나무를 줍거나 사냥을 하려면 당연히 영주의 허가를 받아야 한다.

영주의 땅에서 생활하려면 당연히 영주의 허가를 받아야 했지만 유란은 "괜찮습니다"라고 온화하게 말했다.

"제 이름으로 착실히 국왕 폐하의 사면장을 받았으니까요. 전도 활동에 필요하다고 신청하면 어떤 분이 소유한 땅에서든 어느 정도 자유로울 권리가 생깁니다. 그래도 이 땅을 쓸데없이 엉망으로 만들지는 않을 겁니다. 생활에 필요한 물건은 대부분 준비해왔으니까요."

그러니까 고위 성직자인 유란의 이름을 팔아 전도를 명목으로 아즈베르그 땅에 찾아와 제멋대로 체재하기로 했다는 말이었다.

한층 더 질렸다는 얼굴인 노라를 곁눈으로 바라보며 알리시아는 감탄한 목소리를 냈다.

"세상에. 정말로 준비가 철저하시네요. 분명히 그 사면장, 받으실 때까지 상당한 시간이 걸렸을 텐데요."

"하하하. 급히 아즈베르그에 간다고 말씀하셨을 때부터 장기전이 되지 않을까, 예감이 들었으니까요. 우리 도련님이 충동적으로 행동하시는 일이야 항상 있으니 에구구…… 아, 지금은 도련님이 안 계시죠."

또다시 말실수한 유란의 표정이 문득 진지해졌다.

어느새 다 비운 요리 접시를 앞에 두고 유란은 진지한 어조로 천천히 말했다.

"그게 말이지요. 도련님 성격이 저러신지라 일방적으로 말하는 경향이 있으십니다. 그 점은 대단히 죄송하게 생각합니다…… 하지만 저도 대략적으로는 도련님 의견에 찬성합니다."

이 이야기를 하려고 티르나드를 따라가지 않고 남았나 보다.

과연, 성직자다운 알아듣기 쉬운 상냥한 목소리엔 귀를 기울이게 하는 힘이 있었다.

"실례합니다만, 알리시아 님은 아즈베르그의 현재 상태를 잘 아시는지요."

알리시아는 솔직하게 고개를 저었다.

유란은 생각대로라는 표정을 지었다.

"가능하다면 한번쯤 라이센 공작이 영주로서 집정하는 모습을 보십시오. 그러면 잘 아시리라 생각합니다만…… 매우 막무가내입니다. 거스르는 자를 용서하지 않는달까요."

무엇이 생각났는지 몸을 푸르르 떨며 유란은 계속 말했다.

"그래도 틀림없이 수완은 좋은가 봅니다. 뜻밖에 농민에게 인기가 있다고 하네요. 지배하에 머무는 상대에게는 상응하는 상냥함을 보여주나 봅니다."

자신의 말을 잘 듣는다면 대우는 나름대로 해준다는 말일까. 그러면 괜찮지 않을까?

고민하는 알리시아에게 유란은 단어를 신중히 고르며 말했다.

"하지만 기존의 틀을 곧잘 무시하는 방식은 단기적으로는 좋을지 몰라도 장기적으로는 어떨까요. 저는 오랫동안 유지한 틀에는 오랜 시간 유지할 수 있었던 이유가 있다고 생각합니다."

유란은 약간 두려워하는 눈으로 응접실 안을 둘러보았다.

다른 방과 마찬가지로 검은색과 붉은색으로 구성된 실내 여기저기에서 다른 방처럼 날개를 가진 괴물의 모습을 발견할 수 있었다.

"하극상이 판을 친 덕에 사람들이 '날개의 기도'에 품은 경외심도 많이 약해졌습니다. 하지만 우리의 가르침에 정면으로 도전하는 장식이 달린 저택은 다른 곳에서 본 적이 없습니다. 게다가 사신 공주라는 소문이 있는 분을…… 에구구."

잠시 매끄럽게 말을 이어가던 유란의 입에서 또다시 실언이 튀어나왔다.

그러나 알리시아는 신경 쓰지 않는 듯 생긋 웃었다.

"그렇죠. 저와 결혼하면 죽는다는 소문이 있으니까요. 하지만 저는 바스틀 님을 죽이지 않았답니다. 또 카슈반 님을 죽일 생각도 없고요."

'죽인다'는 말을 조금도 주저하지 않고 쓴 알리시아는 미소를 지으면서 유란에게 말을 늘어놓았다.

"저, 유란 님. 레이덴 백작님과 유란 님이 말씀하시는 바는 잘 알았습니다. 하지만 저를 사주신 카슈반 님께 매우 감사한답니다. 저택을 팔지 않아도 되고, 저도 심한 일을 당한 적 없으니까요."

태연하게 멋대로 말을 늘어놓는 알리시아에게 유란은 뭐라고도 말할 수 없는 표정을 지었다.

"……그렇군요. 속은 것이나 다름없이 재혼하셨는데 애인까지 딸렸으면 꽤 심합니다만…… 어이구. 슬슬 돌아가지 않으면 도련님이 화내시겠네요."

유란은 시간을 너무 많이 잡아먹었다며 당황해 자리에서 일어섰다.

"저희는 저택 바로 근처에 머문답니다. 누추한 곳이지만 한번 찾아와 주시기 바랍니다."

"예. 조심해서 돌아가세요."

알리시아가 상냥하게 배웅하고 유란은 터벅터벅 밖으로 나갔다.

느긋한 그 뒷모습을 배웅하던 노라는 깊이 한숨을 내쉬었다.

"결국 레이덴으로 돌아가지 않으시네요. 이러면 또 오시겠네요. 저분들."

"에? 어떻게 알아요? 노라."

신기해서 알리시아가 묻자 노라는 한층 더 깊이 한숨을 쉬었다.

"글쎄요. 어떻게 알까요. ……어머, 마님. 정리도 직접 하세요……?"

"왜요?"

3인분의 접시를 잽싸게 정리하는 알리시아의 모습에 노라는 살짝 당황했다. 그러나 알리시아는 오히려 노라가 보이는 반응이 더 신기한 것 같았다.

결국 노라는 더는 아무 말도 않고 알리시아가 더러운 접시를 솜씨 좋게 치우는 모습을 말없이 지켜보았다.

"레이덴 백작이 무슨 얘기를 하고 가셨소?"

그날 밤.

저녁을 먹는 자리에서 상석에 앉은 카슈반이 호화로운 식사를 행복하게 쩝쩝거리는 아내에게 말을 걸었다.

바쁜 주인이 저택에 돌아왔을 때 알리시아는 주방에 있었다.

알리시아는 노라 말고 다른 고용인에게 무시당하는 것에 가까웠기에 본가에 있을 때처럼 스스로 식사를 만들었다.

점심 무렵 노라는 알리시아의 요리 솜씨를 보았다.

지금까지 줄곧 스스로 식사를 준비했다는 사실도 들은 노라는 "그럼 저녁 식사도 지금까지처럼 하시지요"라고 말했다.

알리시아는 본가에서 살 때보다 훨씬 풍부하게 쌓인 식재료의 산에 감동하면서 정말 저녁 식사를 만들기 시작했다.

"……잘하네."

중년의 요리사가 중얼거리자 찌릿 노려보고는 노라도 말없이 알리시아의 모습을 지켜보았다.

그러나 한창 저녁을 만들던 중에 카슈반이 귀가했다는 소식이 전해지자 당황한 고용인들은 자신이 하겠다면서 알리시아를 주방에서 내쫓았다.

그런가. 카슈반 님이 계실 때에는 고용인이 만들어주는구나.

이렇게 학습한 알리시아는 오랜만에 타인이 만든 식사를 맛보느라 정신이 없었다.

덕분에 한순간, 카슈반의 말을 놓쳤다.

하지만 카슈반은 입안 가득히 먹을 것을 집어넣은 알리시아를 보고 재미있게 웃었다.

"아아. 그걸 삼키고 대답해도 상관없소. 레이덴 백작이 점심 무렵 당신을 방문했을 텐데 무슨 이야기를 하고 갔느냐고 물었소."

그의 눈에는 살피는 기색이 어렸다.

알리시아는 수프에 떠 있던 큼직한 미트볼을 꿀꺽 삼키고는 점심 때 있었던 일을 떠올렸다.

"에 그러니까…… 백작 각하는 이 부근에 천막을 치고 머무르신다고 하셨어요."

"아. 그렇더군."

이미 식사를 마친 카슈반은 놀라는 기색도 없이 고개를 끄덕였다.

"준비성이 좋은 점이야 어쨌든 남의 영지에 멋대로 천막을 치고 눌러앉다니 배짱 한번 좋지. 하긴 특별히 머물만한 시설이 없으니까 말이야. 날 감시하려면 천막 정도는 치지 않을 수 없겠지."

라이센의 저택 근처에는 많은 사람이 머물 만한 숙박 시설이 없다.

알리시아는 듣고 보니 그렇다고 생각하면서 카슈반에게 물었다.

"저 카슈반 님. 저택이 여기 있어서 생활하기 불편하진 않으신가요? 올 때도 보았지만 숲속에 촌락이나 마을이 없어 보여서요. 무슨 일이 있을 때 여기를 빠져나가려면 시간이 너무 오래 걸리지 않을까요?"

적이 쳐들어오는 것을 상정해 입지를 선정했다면 불편한 교통편도 계산에 들어있을지도 몰랐다.

그러나 영지를 통치하려면 불편하리라.

카슈반이 한번 나가면 어지간해서는 돌아오지 않는 이유도 그런 탓이 아닐까 생각해서 던진 질문이었다.

이에 카슈반은 약간 의외라는 얼굴로 대답했다.

"분명히 그렇소. 솔직히 교통편은 나쁘지. 그래서 조금 더 교통편이 좋은 곳에 거점이 될 만한 저택을 세워놓긴 했소."

거기까지 말한 카슈반의 시선이 실내에서 잠시 헤맸다.

검은 벽과 바닥을 따라 이동한 시선은 창문을 덮은 심홍색 융단을 지나 천장 구석에 있는 날개 달린 괴물 상까지 옮겨갔다.

마지막으로 시선은 저택 뒤편, 황폐한 화원이 있는 곳으로 향했다.

"하지만…… 그렇군. 여기 머무는 이유 하나는 여기 살기만 해도 어느 정도 위세를 발휘할 수 있기 때문이오. 그리고…… 또 다른 이유를 댄다면 역시 내가 태어나고 자란 집이기 때문이지."

목소리를 살짝 낮춰 중얼거린 말에 알리시아도 동조했다.

"그렇지요. 역시 태어나서 자란 집은 소중하지요. 아무리 낡아빠졌고 유지하는 데 돈이 많이 들어도 추억이 많으니까요."

알리시아는 본가를 생각하며 말했지만, 이야기의 흐름상 라이센 저택을 비아냥거린다고 들을 수도 있었다.

그러나 카슈반은 생각하는 바가 있는지 그 점은 언급하지 않고 스리슬쩍 알리시아에게 시선을 되돌렸다.

"재미있는 볼거리가 없어서 심심하다면 미안하오. 공교롭게도 악사나 화가 부류는 고용하지 않았으니."

"아뇨. 그렇지 않답니다. 저택 자체가 무척 재미있는걸요. 점심때에도 어둑어둑하고 헤매기 좋은 구조라서요."

남편의 배려가 담긴 말에 아내는 웃으면서 비아냥으로 볼 수도 있는 대답을 했다.

덧붙여 이런 질문까지 했다.

"저. 카슈반 님은 그렇게까지 심한 폭군이신가요?"

티르나드와 유란의 이야기를 떠올려본 결과 나온 말이 이랬다.

이 질문에는 카슈반도 놀란 얼굴을 했고, 식사 시중을 맡아 옆으로 물러났던 노라까지도 순간적으로 얼굴이 창백해졌다.

그러나 카슈반은 오히려 알리시아의 응수가 마음에 든 모양이었다. 눈동자에서 뭔가를 살피는 빛이 완전히 사라졌다.

카슈반은 호쾌하게 소리를 내어 웃었다.

"하하. 레이덴 백작은 그대에게 그런 식으로 충고하러 왔었나! 분명히 타고난 귀족들이 본 나는 대단한 폭군일지도 모르겠군!"

한층 더 유쾌하게 웃은 카슈반의 눈에 짓궂은 빛이 떠올랐다. 다시 한번 수프에서 완자를 건지려는 아내를 보며 물었다.

"그대에게는 어떻게 보이시오? 내가 그자들 말처럼, 횡포를 부리는 역겨운 폭군이라고 생각하시오?"

알리시아도 일단은 타고난 귀족이다.

하지만 험악한 얼굴을 한 남편을 두려워하는 기색 없이 쳐다보며 여느 때처럼 약간 바보스러우리만치 밝게 웃고는 대답했다.

"다른 분들은 이러니저러니 말씀하시지만 제게는 매우 좋은 분이세요. 맛있는 음식을 먹게 해주시고, 멋진 방을 준비해주셨죠. 또 저택의 관리도 전부 고용인들이 해주고 있고요."

마님을 위한 하녀는 저 한 명뿐입니다.

그 말대로 노라를 제외한 고용인은 알리시아를 거의 무시했다.

하지만 고용인 수는 적어도 다 유능했다. 식사는 대부분 스스로 준비했지만 청소를 하지 않아도 되니 매우 고마웠다.

불만이 있다면 카슈반이 황폐한 저택 뒤쪽 화원에 출입하지 못하게 막는 점일까. 하지만 금지하는 쪽이 더 불타오르잖아.

이렇게 생각하면서 알리시아는 계속 말했다.

"유란 님은 카슈반 님이 영지를 통치하는 모습을 실제로 보면 알 것이라 말씀하셨답니다만. 아, 그렇지. 카슈반 님. 다음번에는 저도 카슈반 님이 일하러 가실 때 따라갈 수 있을까요?"

황폐한 화원 이외의 저택 내부는 어제오늘로 일단 다 돌아보았다. 미지를 추구한다면 밖으로 나갈 수밖에 없었다.

카슈반이 폭군인지 어떤지는 별개로 치고 어떤 일을 하는지도 흥미가 있었다.

그러나 카슈반은 기쁘게 제안하는 아내에게 작게 웃은 뒤 고개를 저었다.

"마음은 굴뚝같지만, 공교롭게도 그대가 함부로 밖에 나가면 곤란하오. 내가 그 유명한 사신 공주와 결혼했다고 여기저기 선전을 해댔으니. 부주의하게 길을 걷다가 살해당할지도 모르지."

"어머. 어째서요?"

너무나도 긴장감 없이 되물어오는 아내에게 카슈반은 웃으면서 설명해주었다.

"영주로서 기반이 그대를 얻음으로써 한층 더 공고해졌지. 그리고 아즈베르그에는 아직 신앙심이 깊은 자가 많은데 사신 공주는 공포의 대상이라 생각하지. 그래서 그대를 아내로 맞이했지만."

카슈반은 자리에서 일어섰다.

식사 중에 갑자기 자리에서 일어선, 예의를 모르는 남편에게 맞춰 알리시아는 일어서려 했다.

아내의 자그만 황갈색 머리를 카슈반은 가볍게 눌렀다.

"그대를 보고 한눈에 사신 공주라고 알아차릴 녀석은 없겠지만.

아아, 괜찮소. 그대는 맘껏 드시오."

스리슬쩍 무례한 말을 남기고 나가려던 카슈반은 문득 떠오른 말을 했다.

"그렇지. 금지하는 말이 나온 김에 일러두겠소. 노라나 다른 사람에게 들었을지도 모르겠지만 저택 뒤편 황폐한 화원. 거기엔 절대로 가까이 가지 마시오."

―황폐한 화원.

처음 이야기를 들은 뒤로 줄곧 가슴속에 응어리졌던 존재를 비로소 카슈반의 입에서 들었다.

알리시아의 심장 박동이 저절로 빨라져 흠칫하고 몸을 떨었다.

굳이 비유하자면 전쟁을 앞두었을 때 흥분과도 닮은 감각이었지만 카슈반은 아내가 겁을 먹었다고 받아들인 모양이었다.

그는 만족스럽게 웃고는 한층 더 자세히 말했다.

"반응을 보니 실물을 본 모양이군. 낡고 황폐한 데다가 아주 무서운 유령이 나오지. 목숨이 아깝다면 절대 가까이 가지 마시오. 저택 안이라면 어디를 가든 상관없지만, 저택 바깥과 황폐한 화원만큼은 안 돼. 아시겠소?"

"……예."

카슈반은 약간 풀이 죽은 모습으로 고개를 끄덕이는 알리시아의 머리를 어린아이에게 하듯 가볍게 쓰다듬었다.

노라가 눈을 크게 떴지만 카슈반은 감촉을 즐기듯이 매끄러운 머리카락을 쓰다듬으며 웃었다.

"그러면 부인. 생각보다 그대가 더 맘에 들어. 잠깐은 답답하겠지만 하는 말을 잘 듣는다면 나쁘게 굴지 않겠소. 아시겠는지?"

유란이 말한 바를 뒷받침하는 듯한 대사였지만 어조는 뜻밖에 상냥했다.

카슈반의 큰 손이 머리에서 떠나는 순간을 섭섭하게 느끼면서 알리시아는 떠오른 생각을 물어보았다.

"카슈반 님은 항상 어딜 가시죠?"

"영지를 돌아보는 거요. 빈번하게 얼굴을 내밀어 위협하지 않으면 이 부근은 금방 흉흉해지니까."

아주 당연한 듯한 어조에 알리시아는 한층 더 이상하다는 얼굴을 했다.

"아즈베르그 지방은 그렇게 흉흉한가요? 카슈반 님이 폭군이어서?"

"……과연. 아무것도 듣지 못하고 여기 왔군."

조금이나마 날카로운 빛이 강해진 눈으로 아내를 바라보며 카슈반은 동정과 조소가 반반씩 섞인 미소를 띠었다.

"들은 대로 라이센의 이름에는 역사가 전혀 없소. 그런 영주의 통치를 받자니 타고난 귀족님들은 반발하고 싶은가 보더군. 대단히 기품 있는 반발이라 기껏해야 내 눈에 띄지 않는 곳에서 쓸데없는 짓을 하시는 정도지만."

거두절미하고 싸움을 걸어올 배짱 따위, 녀석들에게는 없는 것이라 말하고 싶은 듯했다.

"그러나 그대가 내 일에 고개를 들이밀 필요는 없소. 다 먹고 나면 얌전히 쉬시오."

어린아이에게 들려주는 것 같은 말을 마지막으로 카슈반은 다시 알리시아의 머리를 쓰다듬고는 밖으로 나갔다.

너만큼은 반드시 좋은 집에 시집보내서 편히 살게 해주겠다.

반복해서 말하며 야윈 뺨에 미소를 띠던 숙부의 얼굴이 문득 알리시아의 뇌리를 스치고 지나갔다.

저녁 식사를 마치고 방으로 돌아온 알리시아는 새카만 침대 위에 앉았다. 본가에서 가져온 너무 읽어 낡은 책을 꺼내 들었다.

초는 아낌없이 쓸 수 있지만 원래부터 어두운 방이었다. 게다가 어둡지 않아도 오래돼서 닳은 글자는 읽기 무척 힘들다.

알리시아는 읽기 힘든 상황이 오히려 더 흥미진진하다고 느꼈다.

"그것은 칠흑의 숲 깊숙한 곳 어둠 속에서, 한층 더 깊은 어둠으로서 우두커니 서 있었다. 상쾌한 바람에 실려 온 달콤한 장미 향에 섞여 죽음의 기운이 저택 전체를 뒤덮었다……."

알리시아 좋아하는 이야기 중 하나, 하르바스트의 장미 저택 서두 부분이다.

문장을 소리 내어 읽어본 알리시아는 아아 목소리를 떨었다.

"아까워라! 게다가 유령까지 나오다니 점점 이야기 속 화원과 비슷해지잖아. 어떻게든 카슈반 님께 부탁드리면 안 될까. ……예? 들어와요."

알리시아가 아직도 미련을 버리지 못하고 황폐한 화원을 생각하던 중, 문을 두드리는 소리가 울렸다.

방으로 들어온 사람은 예상대로 노라였다.

그런데 입에서 나온 말은 예상과 달랐다.

"밤늦게 실례하겠습니다. 마님. 저, 마님은 카슈반 님이 일하는 모습에 흥미가 있으시죠. 만약 카슈반 님이 일하는 모습을 꼭 보고 싶으시다면 제가 마님을 저택 밖으로 안내해드릴까요?"

생각지도 못한 제안에 알리시아는 깜짝 놀라서 목소리를 높이고 말았다.

"어머! 노라. 괜찮겠어요?"

"물론이죠. 마님께서 꼭 가보고 싶다고 말씀하신다면."

"하지만 카슈반 님이 허락해주실까요?"

"글쎄…… 요. 하지만 마님이 꼭 가고 싶다고 말씀하신다면야."

카슈반이 어떻게 생각하는지 노라는 확실한 말을 한마디도 입에 올리지 않았다.

알리시아는 잠시 생각에 잠겼다.

"우웅. ……어떻게 할까. 아까 카슈반 님과 막 약속을 한 참인데……."

저녁을 먹는 자리에서 나눈 약속을 깨기는 역시 곤란하지 않을까.

생각처럼 쉽게 제안을 받아들이지 않는 알리시아를 보고 노라는 짐짓 꾸민 듯이 한숨을 쉬었다.

"그러신가요. 어쩔 수 없네요. 일부러 농민으로 변장하는 옷까지 준비해놓아서 무슨 일이 있어도 들키지 않으리라 생각했는데…… 알았습니다. 없던 이야기로 하지요."

"아니, 잠깐만 노라!"

갑자기 당황한 얼굴이 되어 알리시아는 자리를 뜨려는 노라를 붙들었다.

"미안해요. 사실 나, 가고 싶어요! 이런 밤중에 농민인 척하고 외출하다니 무척 재밌겠어요! 데려가 줘요!"

"호. 호호. 마님이시라면 분명 그렇게 말씀하시리라 생각했답니다."

알리시아의 기세에 노라는 살짝 기가 죽은 모습으로 고개를 끄덕였다.

"하지만 제가 이런 제안을 했다는 사실은 카슈반 님께는 비밀로 해주셔야 합니다? 만일 들켜도 부디 이 노라를 원망하시면 안 됩니다."

"물론이에요. 노라! 고마워요!"

마음에서 우러나오는 감사 인사를 건네는 알리시아의 웃는 얼굴에 노라는 말문이 막혔다.

그러나 노라는 곧 아뇨. 별말씀을. 하고서 우아하게 미소 지으며 바로 계획을 실행에 옮겼다.

아즈베르그에 올 때 탔던 마차보다 훨씬 구식인, 어디를 어떻게 봐도 짐마차에 탄 알리시아의 가슴은 크게 부풀어 올랐다.

"잠깐. 좀 덜 흔들리게 할 수 있나요?!"

농민 여성이 입는 것 같은 앞치마가 달린 조잡한 옷으로 몸을 감싼 알리시아의 옆에서 노라가 마부석을 향해 외쳤다.

마부인 젊은이는 속도를 약간 낮춰 노라의 명령에 대응하려 했다. 하지만 원래 길이 험한 곳이라 효과는 그다지 없었다.

"어머. 안개까지 끼네. 우후후. 아무것도 안 보여."

안개에 갇힌 하늘을 올려다보며 알리시아는 행복하게 웃었다.

그 옆에서 하녀복을 입은 노라는 밑에서 튕기듯 전해지는 진동에 농락당하며 작게 욕지거리를 내뱉었다.

어느 정도 달렸을까. 노라가 지시로 마차가 멈췄다.

아픈 엉덩이를 문지르며 일어선 노라는 마차의 여닫이문을 열고 알리시아가 마차에서 내리게 도왔다.

구두 바닥으로 축축하게 젖은 땅의 감촉을 느끼면서 알리시아는 하얗고 탁한 주변 경치를 돌아보았다.

밤의 냉기는 두껍게 껴입은 옷을 통해 피부에까지 스며들었지만, 토해내는 하얀 숨조차도 안개에 섞여 잘 볼 수 없었다.

"마차에서 내려도 보이지 않네."

마차의 옆에 달린 등불 덕분에 여기가 약간 트인 숲속인지 알 수 있었다.

나무 그루터기가 몇 개 보인다면 부근에는 사람이 산다는 의미다.

하지만 어쩌면 좋을까. 원래부터 이 지방 지리에 밝지 않은 알리시아는 여기가 어디인지 전혀 짐작하지 못했다.

"저쪽을 좀 보세요. 마님. 빛이 안 보이시나요?"

노라의 말을 듣고 안개 건너편으로 시선을 던진 알리시아는 작은 불빛 하나를 발견했다. 주위에 불을 지키는 사람이라 여겨지는 그림자도 보였다.

"정말이네. 빛이 있어요. 저 불빛은 망보는 용도로 피워둔 불인가요? 어머?"

불빛이 보이는 쪽으로 약간 다가가서 다시 노라를 돌아보려 했던 알리시아의 귀에 채찍 소리와 말 울음소리가 들렸다.

시야를 꽉 채운 안개 건너편에서 무척 흐릿하게 앞으로 달려가는 마차를 보았다.

"어머나?"

짐마차를 몇 걸음 더 쫓아갔지만 달리기 시작한 말을 사람이 따라잡을 수는 없었다.

고개를 갸우뚱하는 사이에 흐릿한 그림자조차도 보이지 않았고, 말발굽과 마차 바퀴가 지면을 차는 소리도 들리지 않았다.

"어머나. 노라도 참. 나는 여기 있는데."

느긋하게 중얼거리며 알리시아는 우선 주위를 둘러보았다. 조금 전 노라가 말했던 불빛 외에는 표식으로 삼을 것이 없었다.

"저 불빛이 있는 곳에 카수반 님이 계실까."

알리시아는 혼자 남겨졌다는 자각도 없이 한밤중 숲속으로 걸음을 뗐다.

불빛은 가깝게 보였지만 숲은 밤에는 시야가 매우 나쁘다. 게다가 안개까지 끼면 목표를 향해 똑바로 걷기조차 무척 힘들다.

알리시아는 어느새 표식으로 삼았던 불빛을 잃어버렸다.

그루터기도 보이지 않았고 이제 주변에는 사람 손이 닿지 않았음을 알려주는 울창한 검은 숲만 펼쳐졌을 뿐이었다.

페이트린 지방에도 숲이 없진 않았다. 하지만 이곳은 햇빛이 약하기 때문일까. 햇빛을 바라고 높이 뻗어 올라간 나무 밑에는 잡초가 별로 없었다.

또 물기를 머금은 땅은 한 발 뗄 때마다 구두 바닥에 달라붙듯이 느껴졌다.

"우웅. 그러니까…… 조금 난처한걸."

아무리 느긋한 알리시아라도 밤에 안개에 뒤덮인 숲속에서 행동하면 위험하다는 사실은 알았다.

조밀하게 심어진 나무가 바람을 막아주어서 추위는 그럭저럭 참을 수 있었다. 동시에 안개도 바람에 날아가지 않고 자리에 머물렀다.

사람이 사는 장소라면 몰라도 숲속 깊숙이 들어가면 위험한 적이 나올 가능성이 커진다. 조금 전부터 늑대 같은 짐승의 울음소리가 때때로 먼 곳에서 들려왔다.

덧붙여 배도 고팠다.

좀 더 먹어둘걸. 저녁 식사를 카슈반보다 더 많이 먹은 알리시아는 그래도 후회하면서 주변을 두리번거렸다.

안개는 점점 짙어져서 넘어지지 않도록 조심해서 걷는 게 고작이었다.

축축한 나무줄기를 붙잡고 앞으로 나아가면서 점점 원래 온 방향도 잃어버렸다. 어쨌든 똑같이 생긴 나무들이 죽 늘어섰기 때문에 표식으로 삼을 게 눈에 띄지 않는다.

"뭔가가 나올 것 같아서 매우 근사하지만 난처한걸. ……어머."

한밤중 숲속. 어둠 속에서 축축한 땅 냄새와 확연히 다른 달콤한 냄새가 갑자기 알리시아의 코끝을 간질였다.

그렇게까지 강한 냄새는 아니었다. 하지만 묘하게 식욕을 돋우는 달콤한 향에 알리시아와 고픈 배는 금세 반응했다.

"어머. 이 냄새는……."

슬슬 어둠에 익숙해진 눈으로 주변을 둘러본 알리시아는 냄새에 이끌려 타박타박 걸었다.

얼마 지나지 않아 알리시아는 마침내 제 키와 비슷한 높이에 두꺼운 나뭇잎이 집합을 이루는 매우 울창한 덤불 옆에 도달했다.

녹색에 살짝 붉은빛이 섞인 나뭇잎에서 달콤한 냄새가 흘러나왔다.

알리시아는 빨려 들어가듯 한 장의 나뭇잎을 손에 들고는 주저하지 않고 입에 넣었다.

"뭐 하는 거야!"

갑자기 울려 퍼진 큰 목소리에 알리시아는 놀라서 눈을 껌벅거렸다.

그러나 안개 저편에서 나타난 청년도 마찬가지로 놀란 모양이다. 굳은 얼굴을 하고 빠른 걸음으로 가까이 다가와서 알리시아의 입에 손가락을 찔러 넣었다.

"삼키지 마. 바보. 뱉어!"

낯빛까지 바꾼 청년의 손가락이 알리시아의 입에서 꼬깃꼬깃해진 나뭇잎을 토하게 했다.

갑자기 모습을 나타낸 금발의 청년은 알리시아가 나뭇잎을 삼키지 않았음을 확인하면서 아직 동요하는 기색이 남은 목소리로 신음했다.

"이, 이런 야밤에 숲속에서, 비료불요초(肥料不要草) 잎을 먹다니 제정신이야, 너?! 아무리 냄새가 좋아도 먹으면 어떻게 되는지 잘 알잖아!"

농부 혹은 나무꾼 같은 조잡한 옷을 입었음에도 알리시아를 부르는 어조는 묘하게 기품이 어렸다.

사레가 들려 콜록콜록 기침하면서 알리시아는 제 등을 문질러주는 청년을 올려다보았다.

짧은 금발의 청년은 나이가 20대 중반쯤 됐을까. 중간 키에 중간 체격, 눈에 확 띄는 타입은 아니지만 잘 들여다보면 뜻밖에 이목구비가 단정했다.

"고, 고맙습니다…… 라고 할까요, 당신도 여기서 뭘 하고 계셨죠?"

이런 야밤에 숲속에 있었다는 점은 저 사람도 알리시아와 똑같다.

그러자 청년은 등을 돌리며 말했다.

"나는 근처에 살아. 이 비료불요초는 내가 심었어……. 숲속 짐승도 무서워서 가까이 오지 않는 풀이니 동물을 막아주는 역할을 하는데 모를 리가 없겠지? 이 주변에 사는 아이라면 부모가 가장 먼저 가르칠 터…… 에?"

비료불요초라는 이름도 사람이나 짐승이 냄새에 이끌려 잎을 먹었다가 자리에서 즉사할 정도로 독성을 가진 데서 유래했다. 숨이 끊어진 생명을 양분으로 삼고 자란 풀들은 다시 새로운 먹잇감을 끌어들인다.

알리시아의 머리가 어떻게 되진 않았나 걱정하며 말하던 청년이 문득 눈썹을 찡그렸다.

"너, 이 주변 아이가 아니구나. 어디서 왔지?"

알리시아를 살펴보고서 이 주변 사람이 아니라고 알아차렸으리라.

당연한 질문에 알리시아는 이렇게 대답했다.

"페이트린에서 왔습니다."

솔직한 대답에 청년은 흠칫하고 놀란 표정을 지었다.

"페이트린?! 그 먼 곳에서 대체 어떻게!?"

"마차로요."

"아, 아니 그야 그렇겠지만……."

걸어서 올 수 있는 거리가 아니므로 당연했지만 지나치게 원론적인 대답에 청년은 약간 당황했다.

어떤 질문을 하면 좋을지 곤란해 고민하는 청년에게 알리시아는 약간 망설이다 물어보았다.

"저, 사실은요. 이유는 묻지 말아주시면 좋겠지만, 라이센 저택으로 돌아가야 해요. 죄송하지만 여기서 어느 방향으로 가야 하죠?"

노라는 몰래 나왔으니 신분을 감추라고 했다. 때문에 알리시아의 질문에는 매우 수상쩍은 전제가 붙고 말았다.

줄줄 흘러나오는 말을 들은 청년은 태도가 갑자기 급변했다.

"라이센?! 너, 거기서 왔어?!"

"예."

청년은 과잉 반응에 둔한 반응으로 답하는 알리시아를 물끄러미 바라보았다.

청년은 엄청나게 충격받은 표정으로 중얼거렸다.

"설마…… 그런가. 역시로군. 역시 그 녀석은 또 똑같은 일을 하려는 거야."

알리시아는 의미를 모르는 혼잣말이 끝나자 청년의 상냥한 갈색 눈동자에 떠 있던 빛이 분노에서 동정으로…… 기묘한 사명감으로 바뀌었다.

티르나드가 알리시아를 볼 때와 비슷했다. 어쩐지 그 표정에는 공통적인 부분이 있었다.

"불쌍하게도. 괴로운 일이었겠구나."

진지한 얼굴로 말해도 알리시아는 무슨 이야기인지 전혀 몰랐다.

그러나 영문을 모르겠다는 반응에도 청년은 알아서 상상해 꿰어맞췄나 보다.

"으응. 무슨 일이 있었는지 전부 말 안 해도 돼. 여기까지 도망쳤으니 이젠 괜찮아. 그 녀석들은 여성 한 명에게 그렇게까지 집착하지 않거든. 누구라도 좋은 거야. 누구라도……."

분노와 증오에 청년의 목소리가 떨렸다.

이상하다고 생각하면서도 알리시아는 우선 이렇게 말했다.

"아뇨. 전 카슈반 님이 계신 곳에 돌아가야 해요. 그분이 절 사들이셔서."

"안 돼! 넌 속았어. 그 저택에 돌아가면 안 돼!"

듣는 사람이 흠칫 놀랄 정도로 큰 소리를 냈다. 청년은 겨우 목소리를 억누르고 눈을 깜빡거리는 알리시아에게 말을 계속했다.

"……너는 쓸데없는 일까지 알 필요는 없어. 걱정하지 마. 페이트린에는 내일 아침에라도 당장 보내줄게. 좁고 더러워서 미안하지만 우선 오늘 밤엔 우리 집에서 자."

어느새 페이트린으로 돌아가는 쪽으로 이야기가 확정되고 있었다.

알리시아는 무엇을 말하려고 했지만 그보다 빠르게 청년이 말했다.

"나는 트레이스. 배고프지? 금방 먹을 것을 준비할게."

알리시아는 원래 왔었던 방향도 몰랐고 밤인데 다시 숲속에서 돌아다닐 수도 없었다.

무엇보다도 먹을 것이라는 단어가 매력적이어서 알리시아는 일단 트레이스라는 청년의 말에 따르기로 했다.

[제3장] 폭군과 괴물

트레이스가 안내한 곳은 전형적인 목조 오두막이었다.

튼튼한 통나무와 나무판자로 만들었고, 내부는 칸막이가 없는 소박한 구조라 집 전체가 방 하나였다.

장소는 비료불요초로 조성한 산울타리에서 멀리 떨어지지 않았다.

동거하는 사람의 흔적이 없고 혼자서 생활하는 듯했다.

하지만 오두막 내부는 깨끗하게 정리되어 있었다.

"오랜만에 손님이 왔네. 자, 적당히 앉아."

트레이스가 상냥하게 말하고 불을 피울 동안, 그루터기로 만든 의자에 앉은 알리시아가 신기하다는 눈빛으로 주변을 두리번거렸다.

빈곤하게 커온 알리시아였지만 그래도 이런 오두막에서 생활해본 적은 없었다.

"확실히 조금 좁네요. 하지만 전혀 더럽지 않아요. 어머. 바닥엔 흙이 그대로네요. 마르긴 했지만 이래서는 바닥에 바로 앉지 못하겠어요."

트레이스는 소리를 내어 당당하게 감상을 늘어놓는 소녀에게 조금 놀란 얼굴을 했다.

하지만 그다지 머리가 좋지 않은 소녀라고 생각했는지 오히려 불쌍하다는 표정을 지었다.

"고마워. 자, 빵과 치즈밖에 없는데 충분할까? 불쌍하게도 밥도 못 먹고 도망쳐 나왔구나."

트레이스의 머릿속에서는 알리시아가 라이센 저택에서 도망친 각본이 완벽하게 짜인 것 같았다.

난처하네.

그래도 알리시아는 우선 트레이스가 내놓은 음식을 쩝쩝대며 먹기 시작했다.

"……카슈…… 라이센 공작은 지금……."

트레이스는 뭔가를 말하려 했지만, 알리시아가 알아차리고 시선을 들었을 때에는 이미 입을 다물었다.

트레이스는 망설임을 떨쳐버리려는 듯이 머리를 가볍게 흔들고는 방구석에 있는 작은 침대를 가리켰다.

"다 먹으면 저기서 쉬어. 아침에는 조금 일찍 출발할 거야. 그 녀석이 널 찾으러 오면 안 되니까."

"아뇨. 저로서는 찾으러 와주시는 편이 더 고마운데요."

어느 쪽이냐면 카슈반보다 노라가 와주는 편이 더 좋지만.

트레이스는 알리시아를 격려하며 웃을 뿐이었다.

"그렇게 걱정하지 않아도 돼. 아아. 혹시 날 경계하는 거라면 미안. 눈치가 둔해서."

전혀 다른 방향으로 눈치가 발동한 모양이다.

트레이스는 곤란한 얼굴을 했다.

"침대는 하나밖에 없지만 같이 자자고 하진 않을 테니 안심해. 나는 대충 알아서 잘 테니까. 맹세컨대 손을 대지 않을 거야. 약속하지."

"아뇨. 오히려 제가 신세를 졌는데."

알리시아는 제안을 사양했지만 트레이스는 신경 쓰지 말아 달라며 상냥하게 웃었다.

"괜찮아. 누나가 있을 때는 줄곧."

아무렇지도 않게 흘러나온 말에 트레이스는 퍼뜩 놀란 얼굴을 했다.

자신이 무심코 한 말에 상처 입은 표정을 지으며 트레이스는 시선을 비스듬히 떨어뜨렸다.

"……미안. 여자아이가 여기 온 게 오랜만이어서. 자, 어서 쉬어."

상냥함과 억지스러움이 섞인 목소리에는 슬픔이 미량 포함되어 있었다.

왠지 거스르기 힘든 분위기였고 무엇보다 시간상으로도 눈꺼풀의 무게를 견디는 데 한계에 다다랐다.

두 가지 이유 때문에 알리시아는 트레이스가 말하는 대로 평평한 나무판 침대 안으로 미끄러져 들어갔다.

침대에서 약간 흙먼지 냄새가 났지만 느낌은 나쁘지는 않았다.

익숙하지 않은 숲속 산책이 피곤했으므로 알리시아는 금방 잠에 빠져들었다.

다음날, 이른 아침 시간에 알리시아를 잠에서 깨운 소리는 라이센 저택에서 들은 말 울음소리와 비슷했다.

반짝하고 눈을 뜸과 동시에 "트레이스, 있나?!"라고 큰 목소리가 들려 알리시아는 꺅 비명을 지르며 자리에서 튀어 올랐다.

"뭐야? 여자 목소리가 들렸는데."

의외라는 느낌을 풍기는 목소리와 함께 무장한 몇 명의 남자들이 오두막에 들어왔다.

한 사람만 묘하게 좋은 옷을 입었는데, 모피로 가장자리를 장식한 망토를 펄럭이며 대단한 사람인 양 내부를 둘러보았다.

"대관(大官)님. 대체 뭡니까. 이른 아침부터."

알리시아와 똑같이 잠에서 깬 트레이스가 재빨리 남자들 앞으로 나서며 험악한 목소리를 냈다.

대관이라고 하면 영주를 대신해 세금을 거두어들이는 관원이다. 하지만 안경을 쓴 알리시아가 보기에는 이 남자가 카슈반보다 지위가 더 높아 보였다.

"뭡니까가 아닐 텐데. 네놈이 당최 세금을 안 내니까 이 몸이 일부러 걷으러 왔다."

트레이스는 한층 더 험악한 표정을 지었다.

"정해진 세금은 이미 냈습니다. ······라이센 공작께서 정하신 세금은 연 수입의 30%······."

말을 끝내기도 전에 대관이 데려온 남자들이 트레이스의 배를 걷어찼다.

욱하고 숨을 죽인 트레이스를 대관은 경멸하며 바라보았다.

"그랬지. 상냥하신 영주님께서 정하신 세금은 말이야. 하지만 알 텐데? 트레이스. 세수가 고만큼이면 중대한 대관의 임무에 걸맞은 보수를 조달할 수 없다!"

큰 목소리에 맞춰 트레이스의 배 양옆으로 두 번, 세 번 주먹이 파고들었다.

침대 위에서 멍하니 바라보던 알리시아는 저도 모르게 트레이스 곁으로 달려갔다.

"뭘 하시는 거죠. 트레이스는 이미 세금을 냈잖아요?! 한번 거둔 금액이 적더라도 긴 안목으로 봐서 제대로 세금을 내는 사람을 소중히 다루는 편이 깩!"

갑자기 대관에게 팔을 잡혀 알리시아는 깜짝 놀란 소리를 냈다.

대관은 그대로 알리시아의 턱을 붙잡고 마치 품평하듯이 물끄러미 들여다보았다.

"뭐냐. 이 계집은. 네놈 애인인가? 고지식하다고 들었는데 의외군."

"아니야! 그만둬. 그 애는 상관없어!"

낯빛을 바꾸는 트레이스를 부하를 시켜 제압한 대관은 붙잡은 알리시아를 위아래로 물끄러미 살펴보았다.

"피부는 좋지만 촌스런 계집애로군. 흥. 트레이스의 여자라고 해봤자 결국 이 정도 수준인가…… 나이는 어린 것 같으니 나름 쓸 만은 하겠지."

"그만둬!"

대관은 크게 외치는 트레이스의 앞머리를 빈손으로 움켜쥐었다. 괴로워 일그러지는 트레이스의 얼굴을 들여다보며 대관은 히죽거렸다.

"그만두길 바란다면 네 애인 몫의 세금도 제대로 내시라고. 물론

체납한 만큼 벌금도 함께 내야겠어."

희미하게 웃는 눈동자에 가학적인 빛이 떠올랐다.

트집이라고밖에 생각할 수 없는 말의 저변에는 음험한 원한이 담겨 있었다.

"소문으로는 네놈, 공작과 연이 있나 보던데! 공작의 위세에 기대 봤자 나한테는 안 통한다고!"

"……누가 그런 거에 기댈까 보냐!"

똑같이 큰 소리로 되받아친 트레이스의 옆얼굴을 대관이 요란한 소리가 나도록 후려쳤다.

입안이 찢어졌는지 트레이스의 입술에서 피가 흐르는 모습에 알리시아는 작게 숨을 삼켰다.

이야기에서 이런 광경을 본 적이 있었다.

눈앞에서 남편이 살해당한 적도 있었다.

그러나 한 번에 바닥을 뒹구는 신세가 된 브라이언과 달리 트레이스는 명백하게도 천천히 학대받고 있었다.

도저히 보고 있을 수가 없어서 알리시아는 열심히 외쳤다.

"그만두세요! 이러면 카슈반 님도, 에, 그러니까 아마 용납하지 않으실 거예요!"

폭군. 폭군.

몇 번이나 카슈반이 그렇다는 말을 들었다.

그런데 과연 어떨까, 반신반의하는 마음도 섞인 알리시아의 외침에 대관 일행이 비웃음을 흘렸다.

"네놈 여자까지 공작님과 아는 사이라고 거드름을 피우는 거냐!

우쭐대기도 정도껏 하라고. 아니면 이 여자도 공작님께 받은 거냐?!"

"아니에요. 나는 카슈반 님의 아내예요!"

한층 더 강해지려는 대관 일행의 폭행을 멈추고자 알리시아는 그렇게 털어놓았다.

이 말에는 대관은 물론 트레이스도 놀랐는지 한순간 정적이 작은 오두막 안을 가득 채웠다.

"뭐…… 라고. 어이. 뭐야. 이 여자, 머리가 이상한가?!"

더러운 물건에라도 닿았다는 듯이 대관은 알리시아를 뿌리쳤다.

던져진 알리시아는 땅바닥을 구르지는 않았지만 요란하게 지면에 엉덩방아를 찧었다.

"아. 아야야 ……어머, 더러워지면 안 되는데. 빌린 옷인데."

변장용 옷이 더러워지는 것을 신경 쓰는 알리시아에게 트레이스는 매우 슬픈 얼굴을 했다.

"아내…… 그런가. 역시…… 아직도 그렇게 속이고 있었나. 불쌍하게……."

또 혼자서 수긍하는 트레이스를 곁눈으로 살피며 대관은 부아가 치밀어 오르는 목소리를 냈다.

"그러고 보니 공작이 결혼했다는 말이 떠돌기는 하는데……. 상대는 사신 공주잖아? 그 모습은 밤하늘에 빛나는 푸르스름한 달과 같아서 냉기를 두른 미모는 남자의 마음을 얼어붙게 하고 한번 붙잡은 상대는 두 번 다시 놓지 않는다…… 라고 하던데. 이런 뻔뻔한 계집을 봤나."

"어머. 그건 좋은 쪽 소문이네요."

알리시아는 저도 모르게 반색했지만 이번에는 트레이스가 눈을 부릅떴다.

"결혼?! 카슈반 님이 그 사신 공주와!?"

아무래도 몰랐던 모양이었다.

바로 그때, 뭐가 뭔지 알 수 없어 혼란스러운 알리시아의 귀에 또다시 말 울음소리가 들려왔다.

"아내를 훔쳐간 도둑의 집에 세금 도둑까지 왔다니 놀랍군."

대관 일행이 열어둔 문으로 쏟아지던 빛이 가로막히면서 검은 그림자가 작은 오두막 안으로 흘러들어 왔다.

그 목소리에 퍼뜩 놀라서 입구 쪽을 돌아본 알리시아의 눈에 태양을 등에 업고 선 카슈반의 모습이 비쳤다.

역광인 탓에 표정은 알아보기 힘들었다.

하지만 알리시아조차도 낮은 목소리와 전신에서 피어오르는 냉기만으로도 그의 기분이 어떤가를 쉽게 알아차릴 수 있었다.

"고, 공작, 님……."

말라붙은 목소리를 내는 대관을 찌릿 노려보며 카슈반은 한마디 중얼거렸다.

"강공작."

"……옛, 라이센 강공작 각하! 아니 이것은 그, 세, 세금 징수를……!"

"그 녀석은 제대로 세금을 냈다고 세금 대장에서 확인했는데. 내친김에 말하자면 네놈이 뒤에서 나를 뭐라고 하는지도 알지."

차갑게 말을 내뱉으며 시커먼 남자는 냉기와 함께 오두막 안으로 들어섰다.

대관의 부하에게 겨우 해방된 트레이스가 지면에 주저앉았다.

힐끗 그 모습을 쳐다본 카슈반은 자주적으로 자리에 무릎을 꿇은 대관 일파를 내려다보았다.

"한번 충고해줬는데 부족했던 모양이군. 역시 네놈은 대관 임무에서 제외해야 됐는데."

아무래도 이 대관, 전에도 트레이스에게 했듯 무고한 사람에게 전횡을 휘두르는 모습을 카슈반에게 들켰나 보다.

발 앞에 납작 엎드린 상대방의 머리를 구두 끝으로 가볍게 찬 카슈반은 다음 순간, 팔을 뻗어 대관의 화려한 망토를 잡았다.

그대로 끌어 일으켜 세우는데, 목이 죄었으리라.

욱하고 괴로운 소리를 내는데도 아랑곳하지 않고 카슈반은 대관을 오두막 밖으로 끌어냈다.

어느새 안개는 걷혔지만 약한 햇빛이 비추는 지면은 여전히 습기를 머금은 채였다.

안개에 젖어 축축한 땅 위에 카슈반의 발자국과 대관이 진흙투성이로 끌려간 자국이 깊게 새겨졌다.

밖에는 영지 순회에 동행하는 사람으로 보이는 기마병이 10기가량 보였고 소동을 눈치채고 몇십 명이나 농민들이 모여 멀리서 원을 만들었다.

카슈반은 말에서 내려 대기하던 두 부하를 시켜 대관을 좌우에서 구속하고, 숲의 지면에 강제로 엎드리게 했다.

카슈반의 뒤를 쫓아 오두막 밖으로 나온 트레이스와 알리시아의 앞에서 영주는 쓱 검을 뽑았다.

익숙한 몸짓으로 망토를 두른 대관의 목덜미를 노리고 검을 내리치려 했다.

"재, 재판을 요청합니다!"

흐르는 듯한 일련의 동작에 대항할 방법이 없었던 대관은 목숨이 경각에 달하자 격렬하게 발버둥 치면서 외쳤다.

"저 저, 저는 이래 보여도 먼 남작의 피를 이었습니다! 공, 아니 강 공작 님을 윤택하게 해드리려고 필사적으로 일했습니다! 직위에서 제외한다면 몰라도 이런 방식은 너무, 너무⋯⋯!"

영주라고 해도 독재자는 아니다.

농민들 간의 다툼이라면 몰라도, 어느 정도 지위를 가진 사람은 국왕의 재판소에서 재판받을 권리가 있었다.

"알았다. 그럼 재판을 열지."

시원하게 고개를 끄덕인 카슈반은 멍하니 선 트레이스와 알리시아를 보고 명령했다.

"트레이스. 그분의 눈을 가려라."

그 순간, 공기를 가르는 소리가 들렸다.

동시에 옆에서 뻗어온 트레이스의 손이 알리시아의 두 눈을 덮었다.

시계가 암흑에 덮이고 절규와 칼날이 살을 찢는 소리, 액체가 튀는 소리가 울려 퍼졌다.

마지막으로 카슈반이 담담하게 말하는 목소리가 들렸다.

"국왕 폐하를 수고스럽게 할 필요도 없다. 영주의 명령을 어기고 멋대로 세금을 징수한 죄로 네놈은 사형이다. 이상 재판을 마친다."

카슈반은 혼례식 때에도 귀찮은 의식은 딱 질색이라고 말했었다.

사형을 포함해 재판을 마쳤음을 고한 카슈반의 목소리에 이어 뭔가를 끌고 가는 소리가 들렸다.

떨리던 트레이스의 손이 내려가고 겨우 앞을 볼 수 있게 된 알리시아의 시야에 대관의 모습은 사라지고 없었다.

그러나 대관이 있었던 곳 부근 지면에는 검붉은 얼룩이 남았다.

그리고 카슈반의 부하가 카슈반의 검을 타고 흐르는, 똑같은 색깔의 액체를 솜씨 좋게 닦아내는 모습이 보였다.

"새 대관의 임명은 나중에 알리겠다. 저 녀석에게 부당하게 세금을 뜯긴 기억이 있는 자는 내용을 우선 마을 관리에게 보고하도록."

주위에 몰려든 농민들을 둘러보며 카슈반은 이어서 말을 덧붙였다.

"저런 무뢰배를 그냥 둔 것은 영주인 내 책임이다. 아침 일찍부터 소동을 피워 미안하지만 해야 할 일이 아직 하나 더 남았다."

말을 끝낸 카슈반이 알리시아에게로 다가왔다.

눈을 깜박거리며 남편을 바라보는 알리시아 옆에 오기가 무섭게 카슈반은 커다란 손을 쓱 뻗었다.

다음 순간, 광대뼈가 울리는 둔탁한 소리가 울려 퍼지고 트레이스의 몸이 몇 발자국 정도 옆으로 튕겨 나갔다.

"변명을 들어볼까. 트레이스. 영주의 아내에게 손을 댄 변명을."

아내라는 단어에 농민들 사이에 동요가 일었다.

농민들이 입을 모아 중얼거린, 저게 사신 공주인가라는 말에는 몇 가지 의미가 담긴 듯했다.

그러나 알리시아 본인은 거기 신경 쓸 여유가 없었다.

단단히 꼭 쥔 주먹을 옆으로 힘껏 후려치는 바람에 얻어맞은 트레이스는 아직 말을 할 수 없는 상태였다.

입을 크게 벌리고 쳐다보던 알리시아는 당황해서 한 박자 늦게 남편에게 매달렸다.

"기다려주세요. 카슈반 님. 다 제 잘못이에요. 음, 그러니까 제가 밖에 나가고 싶다고 하니까 트레이스가 절 페이트린으로 데려다 준다고 했을 뿐입니다."

"……페이트린으로 데려간다고?"

사태를 최악의 상황으로 만드는 말 속에서 가장 흘려들을 수 없는 단어에 카슈반의 눈빛이 점점 더 날카로워졌다.

그는 이번에는 알리시아에게 뭔가 말하려고 했다.

그때 트레이스가 비틀비틀 일어서면서 카슈반의 옷자락을 움켜쥐었다.

"그, 그 아이…… 아니 그분께 더는 심한 짓을 하지 마십시오. 영주님……."

이미 심한 꼴을 당해버린 트레이스의 갈색 눈동자에 강한 빛이 깃들었다.

"사신 공주와 결혼이라니…… 당신이 할 법한 일이지만…… 그분은…… 아니, 그분이든 누구든…… 더는 당신에게 희생되면 안 됩니다……."

카슈반은 젖은 진흙이 몸에도 얼굴에도 머리카락에도 튀어 참담한 모습의 트레이스를 말없이 바라보았다.

그리고 다시 한번 손을 휘둘러 이번에는 반대쪽 뺨을 가차 없이 후려쳤다.

"카슈반 님!"

알리시아가 목소리를 높였지만 카슈반은 완전히 무시했다.

"너도 여전하구나. 트레이스. 그렇게도 날 못 믿겠나."

또다시 엎어진 트레이스를 내려다보며 카슈반은 차가운 목소리로 내뱉었다.

"알리시아를 아내로 맞이한 이유는 영주로서 권한을 강화하기 위해서다. 지금도 벼락출세한 귀족이니 뭐니 시끄럽게 구는 녀석들이 아주 좋아하는, 고귀한 피를 라이센의 피에 더했지. 나아가 이 결합이 아즈베르그 전체의 평화로도 이어지겠지."

평화라는 단어에 트레이스는 찢어진 입술을 깨물었다.

네게 그런 말을 할 자격이 있느냐고 부르짖는 표정이 명백히 드러났지만, 카슈반은 똑같은 어조로 말을 이었다.

"조금 전 대신처럼 착각하는 녀석들을 하나하나 숙청하기는 너무 귀찮아. 귀족 개개인이 제멋대로 설치던 시대는 이제 끝을 내고 싶다. 그러기 위해서라도 다소 막무가내로 굴 수밖에 없다."

"……그렇습니다."

떨리는 목소리가 들려왔다.

소리가 난 쪽에서 알리시아는 젖먹이를 안은 젊은 여인이 머뭇머뭇 영주에게 머리를 숙이는 장면을 보았다.

"라이센 님은…… 무서운 분, 입니다만…… 그래도…… 그래도, 불합리하게 지배하시지는, 않습니다."

명백히 떨리는 목소리였다. 그러나 떨림에는 존경과 감사의 뜻도 함께 담겨 있었다.

"분수를 지키고 있으면 저희를 잘 지켜주십니다. 대관 같은 사람과는 전혀 다릅니다……."

"그래. 트레이스. 선대 영주님과도 다르다고."

처음 입을 연 여자의 목소리에 이끌리듯이 이번에는 다른 남자가 트레이스에게 말을 걸었다.

"누이의 일은 불쌍하게 됐다. 하지만 이제 리리아는 돌아오지 않아. 가족을 잃은 사람은 너뿐만이 아니야. 너는 공작님과는 소꿉친구 같은 사이잖아. 그런데 왜……."

"시끄러워! 왜 다들 이분을 그렇게 믿지?! 모르겠어? 무섭지 않은가? 점점 그분을 닮아가는데!"

트레이스가 말귀를 못 알아듣는 어린애처럼 외쳤다.

"그분?"

알리시아는 저도 모르게 되물으며 '그분과 닮아간다'는 말을 들은 남편을 올려다보았다.

순간 자신도 모르게 숨을 삼켰다.

트레이스에게 엉뚱한 혐의를 씌우는 카슈반의 얼굴은 오두막에 들어섰을 때부터 온화하다고는 할 수 없었다.

하지만 그 얼굴도 지금 카슈반이 트레이스를 바라보는 시선에는 비할 바가 못 되었다.

"……그, 눈, 입니다."

표정에 두려움을 그대로 드러내면서도 트레이스는 딱하게 부어오른 얼굴을 카슈반에게서 돌리지 않고 말했다.

"줄곧 카슈반 님 곁에 있던 저기에 말할 수 있습니다. 카슈반 님은 영주가 되신 후부터 변하셨습니다."

트레이스는 주먹을 꽉 쥐고 떨리는 목소리를 쥐어짰다.

소리를 치는 바람에 찢어진 입술 끝에서 다시 피가 흐르기 시작했지만, 트레이스는 열에 들떠 말을 멈추지 않았다.

"예. 압니다. 상냥함만으로는 영주의 일을 수행할 수 없지요. 또 엉망진창이었던 이 땅을 올바르게 지배하기 위해 카슈반 님이 얼마나 힘쓰셨는지도 알고 있습니다. ……하지만, 감정만은 어떻게 할 수 없습니다……!"

트레이스의 목소리는 얌전한 용모와는 상반되는 강한 분노와 증오로 떨렸다.

그를 바라보는 카슈반의 얼굴에서 무시무시한 표정은 사라졌다. 그러나 무표정에 가까운 얼굴이라 속내를 읽어낼 수가 없었다.

"알리시아가 내 아내임을 알고서 집으로 끌어들였나?"

통곡과도 닮은 트레이스의 말 따위 전혀 듣고 있지 않았다는 듯 카슈반이 물었다. 트레이스는 한순간 눈을 부릅떴지만 바로 깊은 한숨을 내쉬었다.

"……카슈반 님 부인이신지는 몰랐습니다. 그러나 그분이 도망치게 하려던 건 사실입니다."

트레이스는 장황한 변명을 늘어놓을 생각이 없어 보였다.

짧게 그렇게만 고한 후, 트레이스는 지면에 무릎을 꿇고 목을 내놓았다.

"재판은 필요 없습니다. 당신 마음대로 처분하셔도 상관없습니다. 뭣보다 카슈반 님께서 생각하시는 재판이라면 받는다고 결과가 달라지지는 않겠지만요."

앞으로 내민 목을 내려다본 카슈반의 손이 허리의 검으로 향했다. 멈추고자 알리시아는 손을 뻗었지만 카슈반의 움직임이 훨씬 빨랐다.

저도 모르게 눈을 감아버린 알리시아의 귀에 퍽 둔탁한 소리가 울렸다.

조금 전이랑은 소리가 다르네. 알리시아가 조심스럽게 눈을 뜨자 지면에 또다시 쓰러진 트레이스가 보였다.

"나에 대한 수많은 폭언은 이것과 세금을 10% 늘리는 것으로 용서해주마."

이번에는 트레이스의 옆구리를 매우 강하게 걷어찬 카슈반은 발을 거두면서 내뱉었다.

"너는 내가 정한 법에 따랐고 세금을 잘 낸다. 그러므로 너도 내 영민이다. 알리시아에 관해서는 미아가 된 아내를 보호해주었다 정도로 해두마."

죽을힘을 다해 욕지기를 억누르는 젊은이에게서 눈을 떼고 카슈반은 천천히 아내의 가느다란 손목을 붙잡았다.

"단, 이번뿐이다. 어이, 돌아간다."

카슈반은 숨을 죽이고 주인의 하는 양을 지켜보던 부하들에게 말했다.

잘 훈련된 부하들은 척척 움직이기 시작했고, 카슈반은 돌아보지도 않고 마차 한 대로 향했다.

어젯밤 노라가 태워줬던 짐마차가 아니라, 알리시아가 아즈베르그에 올 때 탔던 마차였다.

마부는 여전히 로세였다. 로세는 마치 뭔가를 말하고 싶은 얼굴로 차가운 표정을 짓고 있는 주인이 가까이 오기를 잠자코 기다렸다.

먼저 알리시아를 태우고 이어서 카슈반이 마차에 올라타자, 기마병에게 둘러싸인 마차는 바로 출발했다.

알리시아는 창문 밖으로 농민들이 머리를 숙이고 마차를 배웅하는 광경을 보았지만 트레이스의 모습은 보이지 않았다.

"자, 나의 아내여. 이번에는 그대의 변명을 들어보지."

말을 듣고 남편을 돌아본 알리시아는 생각보다 훨씬 가까운 위치인 카슈반의 얼굴을 발견했다.

앞서 트레이스가 입을 놀렸을 때만큼 차가운 얼굴은 아니었지만, 어제 알리시아의 머리를 쓰다듬으며 웃던 남자와 같은 인물이라고는 생각할 수 없었다.

"나는 분명히 멋대로 밖으로 나가지 말라고 했고, 그대는 알았다고 대답했을 터. 입에 침이 마르기도 전에 변장까지 하고 정중하게 저택을 빠져나가다니, 아주 황송하구려."

카슈반이 갑작스럽게 등장해 놀랐지만, 본디 알리시아를 찾아 주변에 왔으리라.

마침 부당한 세금을 징수하고 있는 대관을 발견하고 내친김에 처리했다는 이야기였다.

"죄송합니다……."

달리 어찌할 도리가 없어서 알리시아는 솔직하게 사과했다.

"저…… 저, 카슈반 님이 어떤 식으로 일하시는지 알고 싶었어요. 죄송합니다."

"다시 말해서, 폭군으로서 내 모습을 알고 싶었다는 뜻이군. 그렇다면 이번 일은 실로 의의가 컸겠구려."

비아냥거리는 눈에는 불온한 빛이 담겼다. 빛에 충동이 일어난 알리시아는 결국 묻고 말았다.

"트레이스가 말한 그분이란 혹시 선대 영주님이신가요?"

앞서 이야기의 흐름으로 보면 아마도 그러리라.

그러나 알리시아가 말을 하는 순간, 카슈반의 눈초리가 단숨에 험악해졌다.

"알리시아. 그대는 나의 뭐요?"

거꾸로 질문이 날아오자 알리시아는 솔직하게 대답했다.

"아내입니다."

"그렇지. 그것도 돈으로 사들인 아내. 다시 말해 어쨌든 그대는 내 기분을 상하게 만들면 안 되는 존재요. 알겠소?"

그는 손을 뻗어 농민 같은 복장이 묘하게 잘 어울리는 알리시아의 머리카락을 만졌다. 감촉이 마음에 든 모양인지 카슈반의 손가락은 기분 나쁠 정도로 상냥하게 움직였다.

그러나 입에서 나온 말은 매우 날카롭고 또 차가웠다.

"알겠소? 알리시아. 이후 두 번 다시 내 말을 거역하지 마시오."

강압적인 어조로 카슈반이 명령했다.

"만약 또 멋대로 저택을 빠져나간다면. 그대에게 개목걸이라도 채우든가 다리를 잘라야 하오. 알겠소?"

"······예. 알았습니다."

무서운 협박 문구에 알리시아는 솔직하게 고개를 세로로 끄덕였다.

다만 가장 무서웠던 협박은 티르나드가 알리시아를 데려가겠다고 아우성쳤을 때, 카슈반이 입에 올렸던 위약금이었다.

"그럼 됐소."

고개를 끄덕인 카슈반은 후 숨을 토해내고는 고개를 앞으로 향했다.

눈과 입을 전부 닫은 옆얼굴은 무엇인가를 생각하는 듯했다.

어딘지 모르게 지쳐 보이는 얼굴에 알리시아는 또 한 가지를 물어보았다.

"트레이스는 카슈반 님의 친구인가요?"

"······좀처럼 학습을 못 하는군. 그대도."

다시 눈을 뜬 카슈반은 질렸다는 듯이 알리시아를 보았다.

"왕성한 호기심이야 괜찮지만, 내 기분을 상하게는 말라고 금방 말했을 텐데."

"어머. 죄송해요. 트레이스를 싫어하시는군요."

사과하는 알리시아를 보고 카슈반은 살짝 눈을 크게 떴다.

왜인지 쓴웃음을 지은 그가 손을 뻗어 이번에는 알리시아의 어깨를 끌어안았다.

"나보다 먼저 그 녀석과 하룻밤을 지낸 셈인데, 아무 짓도 당하지 않았겠지?"

알리시아는 카슈반이 하는 대로 몸을 맡겨 안긴 상태에서 고개를 저었다.

"아뇨. 특별히는."

"그렇겠지. 다른 남자라면 몰라도 트레이스니 말이야."

그 말투에는 몇 가지의 감정이 복합적으로 담겼다.

그리움과 친근감, 그리고 일종의 자랑스러움.

그러나 모든 감정을 덮어버리려는 듯 카슈반은 눈을 감고 작게 숨을 내뱉고는 명령했다.

"……앞으로 트레이스의 일을 묻지 마시오. 알겠소? 알리시아."

또 하나 늘어난 금지 사항에 알리시아는 호기심을 억누르고 꾸벅 고개를 끄덕였다.

노라는 저택에 돌아오는 알리시아와 카슈반을 기다리고 있었다.

라이센 부부가 홀에 들어서자마자 노라는 재빨리 다가가서 짐짓 꾸민 태도로 가슴 앞에서 양손을 모았다.

"어머나. 마님! 정말 걱정했답니다!"

"응. 미안해요. 노라."

약속대로 알리시아는 질책 없이 밝게 웃었다.

노라는 알리시아의 몸 전체를 물끄러미 살펴보았다. 외상도 없고 별로 지친 기색도 없어 보였다.

특별히 낙담한 기색도 없음을 확인하고 하녀는 살피는 목소리를 냈다.

"……생각보다 건강하셔서 안심했습니다. 카슈반 님이 빨리 발견 해주셔서 다행이네요."

힐끗힐끗 카슈반을 보면서 노라가 늘어놓는 말에 카슈반은 의미 심장하게 소리 없이 웃었다.

옆에 선 아내의 가느다란 어깨를 가볍게 노라 쪽으로 밀면서 카슈 반은 시치미 뚝 떼는 얼굴로 말했다.

"노라. 내 아내에게 더 나은 옷을 입혀주도록. 사치를 부리지 않으 면 좋지만, 정도가 있으니."

"……예. 예에."

상황을 살피며 노라는 고개를 끄덕이고는 카슈반이 말한 대로 알 리시아를 데리고 걸었다.

카슈반도 제 방으로 돌아갈 생각인지 두 사람의 뒤를 따라 계단 을 올랐다.

"그리고 노라. 나는 분수를 모르는 녀석은 싫어한다."

기묘하게 긴장한 노라의 등에 대고 카슈반이 뒤에서 말을 걸었다.

"자신의 욕망에 충실한 여자는 싫지 않지만, 그래도 정도가 있다. 너무 심하게 굴지 마라."

카슈반은 어두운 복도를 꺾어 자기 방 쪽으로 사라졌다.

옅은 어둠에 녹아드는 시커먼 남자의 뒷모습을 배웅한 알리시아 는 굳은 표정인 노라의 옆얼굴을 보고 이상하다는 듯 소리를 냈다.

"노라, 왜 그래요? 땀을 흘리는데."

"……아뇨. 아무것도 아닙니다. 그보다 마님이야말로 정말로 괜찮으신가요. 카슈반 님께 엄청나게 혼났다던가 얻어맞지 않으셨나요?"

오히려 그랬기를 기대하는 노라의 질문에 알리시아는 오두막에서 있었던 일을 떠올리며 대답했다.

"나는 괜찮아요. 카슈반 님의 분노를 사서 죽은 사람과 얻어맞은 사람이야 있지만."

움찔해서 표정을 굳히는 노라에게 알리시아는 조금 망설이다 물었다.

"저기…… 노라. 트레이스를 알아요?"

"트레이스? 아뇨. 모릅니다만."

놀란 노라가 대답하자 알리시아는 그렇구나 중얼거렸다.

"노라는 모르는구나……. 괜찮아. 아, 내가 물어본 이야기는 비밀로 해주세요. 안 그러면 노라도 개목걸이를 차거나 다리가 잘릴지도 모르니까."

카슈반에게 들은 협박 문구를 그대로 중얼거리는 마님의 모습에 노라는 한층 더 경련하는 얼굴이었다.

하지만 알리시아는 혼자 생각하느라 머리가 꽉 찼다.

황폐한 장미 화원.

선대 영주.

트레이스.

"정말 카슈반 님도 너무하셔. 재밌어 보이는 일만 쏙 빼놓고 이야기해주지 않으시다니. 그나저나 그 장미 화원……."

때마침 예의 황폐한 화원이 힐끗 보이는 위치였기 때문에 알리시아는 미련이 뚝뚝 흐르는 말을 자신도 모르게 입 밖에 내고 말았다.

두려움에 떨고 있던 노라의 눈동자가 반짝 빛났다.

"……마님. 전에도 말씀하시더니. 마님은 저 황폐한 화원에 관심이 많으시지요?"

"응. 그래요!"

얼굴이 확 환하게 밝아져서 알리시아는 들뜬 목소리를 냈다.

"그렇잖아요. 당장에라도 무너질 것 같은데 유령이 나올 뿐만 아니라 가까이 가면 안 되잖아요. 꼭 안에 들어가고 싶어요."

"그, 그러신가요. 그럼……."

잠시 위쪽을 바라보며 뭔가 생각하듯이 굴던 노라는 짐짓 뽐내는 어조로 말했다.

"괜찮으시다면 다음에 제가 안내해드릴까요?"

"어머. 정말로요?!"

정말로 기뻐하며 알리시아가 외쳤다.

다음 순간, 알리시아로서는 드물게 목소리를 낮추면서 말을 이었다.

"……하지만 안 돼. 카슈반 님에게 들키면 위약금을 내야 할 거예요."

조금은 학습을 한 알리시아의 모습에 노라는 바로 지금이 기회라고 상냥한 목소리를 냈다.

"괜찮습니다. 카슈반 님은 바쁘세요. 다음번에 또 영지를 순회하러 외출하셨을 때 몰래 들어가면 들키지 않아요."

"어머, 정말 좋은 생각이네요."

알리시아의 표정이 다시 확 밝아졌다.

"하지만 몇 번을 말씀드리지만, 이 일은."

"응, 알아요. 노라. 괜찮아. 노라가 말했다고 이야기하지 않을 테니까."

알리시아는 환하게 웃는 얼굴로 노라를 올려다보며 기쁘게 감사 인사를 했다.

"정말로 고마워요. 노라. 당신이 카슈반 님의 애인이어서 정말 다행이에요!"

"……말씀 감사합니다."

신혼 3일째인 신부에게 그런 감사를 받고, 애인은 애매하게 맞장구를 쳤다.

그 날 결국 카슈반은 영지를 둘러보러 나가는 일 없이 방에 계속 틀어박혔다.

때문에 알리시아도 장미원에 가지 못하고 본가에서 가져온 낡은 드레스로 갈아입고 저택 안을 어슬렁거리며 시간을 보냈다.

대충 안내받은 저택 안을 다시 열심히 살피고 돌아다녔더니 꽤 신선한 발견도 해냈다.

발견한 내용을 스스로 만든 지도에 적어 놓으며 하루를 보냈더니 시간이 눈 깜짝할 사이에 지나갔다.

저택 안에서 제대로 살펴보지 못한 곳은 저택 뒤편 황폐한 화원과 카슈반이 머무는 방뿐이었다.

저택 주인의 방은 평상시에는 잠가놓지만, 오늘은 카슈반이 방에 있었다.

시험 삼아 한번 가까이 가보았더니 카슈반이 항상 데리고 다니는 수하 중 한 명이 알리시아를 제지했다.

"마, 마님. 저, 주인님 방에 가십니까?"

"그래요."

"오늘은 그만두시는 편이 좋습니다. 마님도 위험해지시고, 그게…… 저희도 위험해지니 그만두십시오."

아무래도 카슈반은 기분이 그다지 좋지 않은 모양이었다.

지시를 어기고 저택으로 다시 끌려 들어온 직후기도 해서 알리시아는 얌전히 물러났다.

"알았어요. 가르쳐줘서 고마워요."

감사하는 말에 카슈반의 부하는 지금까지 무시하자고 다짐했던 마님에게 말을 걸었다는 사실을 새삼스레 깨달았다.

하지만 알리시아는 별로 신경 쓰는 기색도 없이 감사의 인사를 남기고 자리를 떠났다.

저녁을 먹을 시간이 되었을 무렵, 알리시아는 주방에 가보았다.

요리사들은 식사 준비를 하는 중이었지만 저택 주인이나 마님을 위한 정식을 만들지는 않는 것 같았다.

"카슈반 님의 식사는요?"

점심에도 물은 내용을 중년 요리사에게 묻자 점심때와 똑같은 대답이 돌아왔다.

"주인님은 방에서 혼자 드신답니다."

"어머나. 그래요."

알리시아는 자기 몫의 식사가 담긴 쟁반을 방으로 가져갔다.

오늘은 카슈반이 저택에 있으므로 요리사가 알리시아 몫까지 만들어주었다. 하지만 카슈반이 방에 틀어박혔으므로 알리시아도 혼자 식사를 해야만 했다.

노라가 함께 먹어주지 않을까 생각했지만 다른 하녀와 식사를 한다는 모양이었다.

고용인과 마님이 한자리에 앉는다니 말도 안 됩니다.

이렇게 말한 노라는 알리시아의 옷을 갈아입힌 후, 어디론가 가버린 채 나타나지 않았다.

"역시 식사는 다른 사람과 같이 먹어야 더 맛있네……."

카슈반. 티르나드, 유란, 트레이스.

부모님이 돌아가신 후 줄곧 혼자 식사하는 데 익숙해진 알리시아와 최근에 함께 식사해줬던 사람들.

얼굴들을 떠올려보며 알리시아는 중얼거렸다.

다음날 오전에 일어난 일이었다.

"한번 정도는 외출하실 때 인사를 하는 편이 좋겠지."

오늘은 아침에 시간 맞춰 제대로 눈을 뜬 알리시아는 단정하게 옷을 차려입고 방에서 나갔다.

아내에겐 남편을 배웅할 의무가 있다.

게다가 오늘 카슈반이 외출한다면 노라를 안내인으로 삼아 황폐한 화원에 갈 수 있을지도 몰랐다.

이런 생각으로 일단 1층 홀로 내려가려는데 바깥에서 욕하는 소리와 노성이 들려왔다.

깜짝 놀란 알리시아가 계단 위에서 내려다보는 가운데 저택의 현관문이 난폭하게 열렸다.

"라이센!"

"도련님. 도련님. 안 된다니까요!"

알리시아가 라이센 저택에 도착한 첫날이 그대로 재현된 것 같았다.

난폭하게 문을 열고 안으로 침입한 사람은 티르나드였다. 바로 뒤에 키가 훌쩍 크지만 그만큼 허둥대면 참 한심해 보이는 유란이 따라왔다.

덧붙여 유란의 등 뒤에는 날개의 문장을 단 호위병들이 하나로 뭉쳐서 따라왔다.

호위병 뒤쪽에도 얼굴을 모르는 남자가 다수 따라 들어왔다.

아무리 봐도 티르나드의 부하로는 보이지 않는 남자 다수는 이전에 카슈반이 처형한 대관과 분위기가 비슷했다.

다만 격렬한 분노에 불타는 티르나드와 달리 명백히 떨고 있었다. 개중에는 예의 날개 달린 괴물 상을 발견하고 입속으로 정화의 구결을 외는 자조차 있었다.

"무슨 소동이냐."

소란스러운 소리를 듣고 소동을 알아차린 카슈반이 홀에 모습을 드러냈다.

영지를 돌아보러 나갈 준비를 하던 참이었나 보다.

항상 입는 군복풍 검은 의상을 입고 위풍당당하게 현관으로 내려왔다.

영주가 등장하자 침입자는 기세가 약해졌다.

하지만 뒷사람에게 계속 떠밀려 들어오는지 기세는 약해졌지만 저택 안에 초대받지 않은 손님은 계속 늘어났다.

카슈반은 눈을 약간 가늘게 떴다.

"꽤 재미있는 조합이로군. 젊은 레이덴 백작은 둘째 치더라도 영주의 저택에 아무 연락도 없이 들이닥칠 줄 아는 귀족이 아즈베르그에 이만큼이나 있다니 놀라워."

아이러니함에 입술 끝을 살짝 일그러뜨리며 카슈반이 주위를 둘러보았다.

가까이 선 귀족들처럼 보이던 무리는 한층 더 겁먹은 표정으로 전원이 서로 다른 곳으로 시선을 피했다.

"아니 그것이……"

"우리는 말입니다. 그…… 당신이 전에 했던 일을 항의하고…… 아니, 우선 사자를 보내 순서대로……그…… ."

밀고 들어온 게 본의가 아니었다고 말하고 싶은 모양이었다.

며칠 전 티르나드였다면 똑같이 한 발자국 뒤로 물러났겠지만, 오늘은 여느 때와 상태가 조금 달랐다.

티르나드는 변명을 늘어놓는 귀족들 속에서 홀로 앞으로 쓱 걸어 나왔다. 분노 때문에 뺨이 붉게 물들어서 평소보다 훨씬 건강해 보였다.

"다 들었다! 네놈. 제대로 재판도 없이 대관을, 그것도 남작가와 연고가 있는 대관을 베어버렸다고?!"

카슈반은 호오 한쪽 눈썹을 치켜세웠다.

"레이덴 백작께서는 귀가 무척 밝으시군. 본래 당신의 귀에 들어갈 내용이 아닐 터인데."

티르나드에게 질책하는 시선을 보내자, 유란은 부들부들 떨면서 또다시 쓸데없는 소리를 흘렸다.

"흐아악 죄송합니다! 저도 도련님을 말렸습니다만, 도련님께서는 실제로 영주가 농민을 어떻게 지배하는지 보고 싶다고 말씀하시고는 외출하셨습니다! 들려오는 소문만으로도 당신이 어떻게 횡포를 부리는지 아주 쉽게 아셨을 텐데 말입니다. 에구구."

너무 겁을 먹은 나머지 폭주하는 후견인을 곁눈으로 바라보며 티르나드는 한층 더 카슈반에게 가까이 다가갔다.

그리고 머리 하나만큼 키가 큰 남자의 멱살을 대담하게 붙잡고 대들었다.

"얘기로는 들었다만 이 정도일 줄은 몰랐다! 덧붙여서 네놈. 함께 있던 농민은 아무 벌도 주지 않고 풀어줬다면서!"

그 말에 카슈반의 얼굴이 꿈틀했다.

하지만 머리 꼭대기까지 피가 쏠려 있는 티르나드는 그런 반응을 알아차리지 못했다.

"알리시아 님을 납치했다지 않았나! 그런 녀석은 순순히 놓아주고 대관만 사형에 처하다니 어떻게 된 일이냐! 자기편 감싸기도 적당히 하라고!"

티르나드에게 경위를 알려준 사람이 잘못 말했을까.

아니면 원래부터 카슈반에게 가진 편견 때문일까.

어느 쪽이든 티르나드는 상당히 비뚤어진 시각을 통해 재구성한 사실을 큰 목소리로 쏟아내었다.

"다 들었다! 트레이스라는 농민은 네놈의 소꿉친구라고 하더군! 헛. 공명정대한 영주가 들으면 아주 땅을 치겠어. 제대로 사정도 듣지 않고 신분이 높은 자를 야만스러운 폭력으로 희생시키다니!"

나쁜 쪽으로 열에 들떠 있는 것 같던 말이 갑자기 뚝 끊어졌다.

자신의 멱살을 붙잡고 있는 티르나드의 멱살을 똑같이 움켜쥔 카슈반이 단숨에 그를 들어 올린 것이었다.

욱하고 숨이 막히는 소리를 내는 티르나드의 발끝이 바닥에서 떨어졌다.

카슈반은 자신의 눈높이까지 끌어 올린 얼굴을, 트레이스를 겁에 질리게 만든 눈으로 바라보았다.

"나는 트레이스에게도 잘못을 책임지게 했다."

억양이 없는 목소리로 낮게 내뱉은 카슈반은 다른 한 손을 가볍게 쥐어 만든 주먹을 티르나드의 뺨에 갖다 대었다.

"아아, 그렇군. 농민을 그렇게 취급해도 고귀한 피를 이은 분은 폭력으로 인정치 않는군."

카슈반은 울퉁불퉁하게 뼈가 튀어나온 단단한 주먹으로 젊은이의 광대뼈를 툭툭 두드렸다.

곧 후려치리라 예고하는 동작에 티르나드의 마른 몸이 바들바들 떨리는 것을 알리시아도 알 수 있었다.

"도, 도련님…… 그…… 공작님, 안 됩니다. 그분께 폭력을 휘두르지 마십시오……!"

퍼뜩 정신을 차린 유란이 외쳤지만 카슈반의 눈은 티르나드에게 계속 고정되었다.

티르나드도 멱살을 잡혀 끌어올려진 자세로 사지를 버둥거리지도 못하고 멍하니 눈앞의 남자를 바라보았다.

마치 늑대에게 붙잡혀 찢겨 죽을 운명을 각오한 새끼 토끼 같았다.

이성은 점차 다가오는 위험성을 전혀 이해하지 못했지만, 정신은 위험에 침식된 상태였다. 꼴사나운 저항조차도 못했다.

저택에 들어온 아즈베르그의 귀족들도 전부 이곳에 오지 말아야 했다는 얼굴로 떨었다.

역시 피는 속일 수 없다는, 누군가 입에 올린 말이 알리시아의 귀를 스치고 지나갔다.

"유란 님……!"

티르나드의 호위병 중 한 명이 지시를 기다리듯이 불렀다.

그사이에 담담한 어조로 카슈반이 말을 끝맺으려 했다.

"똑같은 취급을 받아도 당신이라면 참을 수 있겠지."

카슈반의 꽉 쥔 주먹이 일단 티르나드에게서 떨어졌다가 다시 다가갔다.

트레이스에게 휘두른 주먹과 똑같이 카슈반은 옆으로 후려치듯이 팔을 휘둘렀다.

"아버지, 어머니……!"

티르나드의 비명과 누군가 주먹에 얻어맞는 소리, 그리고 쓰러지는 소리.

모든 소리가 잠잠해졌을 때 뒤통수로 카슈반의 주먹을 받아낸 유란이 카슈반의 발치에 웅크리고 괴로워했다.

"아, 야, 야……!"

얻어맞은 머리와 바닥을 구를 때 부딪친 다리를 전부 감싸면서 유란은 눈물이 그렁그렁한 눈으로 신음했다.

유란이 감싼 티르나드는 조금 떨어진 바닥 위에서 몸을 둥글게 말고 부들부들 떨었다.

"유란 님!"

"사교님!"

호위병과 아즈베르그 귀족들은 안색이 일제히 창백해졌다.

유란 본인도 죽을 것 같은 얼굴을 하면서도 열심히 카슈반을 올려다보며 호소했다.

"도, 도련님은…… 폭력은, 안 됩니다……."

새파랗게 질려서 바들바들 떠는 티르나드를 감싸며 얻어맞은 머리를 깊이 숙였다.

"집이 불타고 가족들이 살해당하고…… 그때 느낀 공포를 줄곧 잊지 못하고 계십니다. ……라이센 공작 각하. 후견인으로서 제가 도련님의 무례를 사죄하겠습니다. 부디……."

카슈반은 검은 머리카락을 엉망으로 흐트러뜨린 상태로 떨리는 목소리를 억지로 짜내는 마른 체구의 청년을 잠자코 내려다보았다.

얼굴에는 여전히 매서운 기운이 남았지만 쓰러진 사람을 계속 걷어차려는 기색은 없었다.

"그, 그것과…… 고귀한 피를 이었든, 잇지 않았든 갑자기 사형시키면 너, 너무 심한 짓이, 아닐까요……."

겁에 질린 목소리로 되풀이하는 말을 듣는 순간, 카슈반은 다시 눈꼬리를 치켜세웠다.

발언자인 유란은 카슈반을 제대로 보기 무서운 모양이었다. 고개를 숙인 채 눈을 미묘하게 위로 치켜뜬 상태로 계속 입을 나불거렸다.

"당신이 벤 대관은 당신의 아버님 대부터 일했다고 들었습니다. ……제멋대로 세금을 징수한 부분은 잘못이지만, 제대로 재판을 받을 권리가 있었습니다. 처형하더라도 날개를 하사받는 의식을 받을 권리도 있습니다."

"날개, 날개 말이군. 너희들 장사 도구 이야기인가?"

카슈반은 유란이 말하고 있는 중간에 강제로 끼어들어 내뱉었다.

아까 티르나드가 품었던 감정이 옮겨간 것처럼 카슈반의 검은 눈동자는 열기를 띠고 강하게 빛났다.

"무슨 말씀이십니까! 다, 당신은 정말로 신을 믿지 않습니까?!"

'장사 도구'라는 표현에 흠칫 놀란 유란은 똑바로 얼굴을 들어 카슈반을 바라보았다. 순간 이상한 광채로 가득 찬 눈동자가 똑바로 쏘아보는 통에 히익하고 목을 울렸다.

카슈반은 말을 멈추지 않았다.

"너희가 하는 말이 옳다면 왜 하극상이 일어나는가. 왜 성녀 아셀의 피를 이은, 신성하고 고귀한 집안의 사람들이 화공을 당하는 꼴이 되었나!"

성이 난 목소리에 유란의 등 뒤에 숨은 티르나드가 흠칫하고 몸을 떨었다.

유란도 티르나드가 두려워하는 사실을 감지했는지 새끼를 보호하는 어미 새처럼 손을 크게 벌리면서 열심히 되받아쳤다.

"그것은…… 세상이 어지러워지고 사람의 마음이 신에게서 멀어졌기 때문입니다. 과거 아셀님이 박해받았던 시기처럼."

"대답은 간단하다. 사람들이 '날개의 기도'의 가르침이 변변치 않다고, 도움이 안 된다고 깨달았기 때문이다. 사후 세계를 인질로 삼아서 고행을 강요하는 네놈들의 가르침은 귀족이나 왕족에게만 유리한 방편에 지나지 않아!"

유란의 대사를 일축하고 카슈반은 그렇게 딱 잘라 말했다.

홀 안이 마치 물을 뿌린 것처럼 조용해졌다.

레이덴 가의 주인과 후견인도, 저택에 밀고 들어온 귀족들도. 라이센 저택의 고용인들도 그 자리에 못 박혀 움직이지 않았다.

하극상이 한창 발발하면서 '날개의 기도'교의 가르침은 이전보다 힘을 잃어버렸다.

교단은 농민은 아셀을 박해한 자들의 자손이며 벌로써 당연히 지배를 받아야 한다고 가르쳤다.

이에 반발한 농민들이 하극상을 일으켰기 때문에 자연스레 교단의 힘이 약해졌다.

그러나 오랜 세월 이 나라뿐 아니라 주변 국가까지 지배한 가르침의 힘은 간단히 없어지지 않았다.

종교가 이미 생활 습관의 일부라 정도는 달라도 막연한 신앙심이 여전히 사람들의 가슴에 뿌리내리고 있었다.

어안이 벙벙해서 남편이 하는 양을 지켜만 보는 알리시아의 가슴에도 신앙심은 뿌리를 내리고 있었다.

그래도 역시 가장 충격을 받은 사람은 '날개의 기도'의 가르침을 구체적으로 실현하는 역할인 성직자들 같았다.

"……당신은…… 정말로, 불쌍한 분이군요……. 당신 같은 분을 위해서라도 우리의 가르침이 필요한 것을……."

충격이 카슈반을 향한 공포를 뛰어넘은 모양이었다. 평상시대로 유란은 실언을 했다.

카슈반은 눈을 크게 뜨고 장화를 신은 발을 들어 올리려는 기색을 보였다.

그러나 티르나드가 또다시 아버지라고 중얼거리며 몸을 떨고 유란도 벌벌 떨면서 티르나드를 끌어안는 모습을 보고는 눈썹을 찡그리며 내뱉는 선에서 끝냈다.

"내게 사후의 날개 따윈 필요 없다. 인간은 죽으면 끝이야!"

격렬한 목소리로 단언한 카슈반은 창백한 얼굴을 한 귀족들을 경멸하는 눈으로 바라보았다.

때마침 라이센의 경비병이 침입자를 저지하려고 다수 몰려 왔다. 하지만 영주의 눈빛을 뒤집어쓰고 자리에 못 박히는 신세가 되었다.

"도련님을 앞세우지 않으면 못 쳐들어오는가. 이 상냥한 영주님에게 완전히 익숙해진 모양이지. 귀공들을 똑똑하게 기억했다. 사정 설명은 나중에 듣지. 썩 나가버려!"

자기 할 말만 끝낸 카슈반은 망토 자락을 펄럭이며 층계를 올라갔다.

고용인이 서로 얼굴을 마주 보는 가운데 저택의 주인은 누구와도 눈을 마주치지 않고 방으로 사라졌다.

"대…… 대체 얼마나 돼먹지 않은 분이오!"

"불온함도 정도가 있소이다! 언젠가는 천벌을 받을 거요!"

나가라는 말을 들은 귀족들이 입을 모아 불평을 하면서 쿵쿵 발소리를 남기고 떠나갔다.

카슈반에게 천벌이 내리기를 바라면서도 자신들이 직접 손으로 달성할 머리는 없는 모양이었다.

드디어 카슈반이 남긴 냉기가 여운도 없이 사라졌다. 얼어붙어 정체된 실내 공기도 녹아갔다.

대체 어떻게 된 걸까.

알리시아는 단숨에 탈진한 레이덴 백작과 후견인 옆으로 다가갔다.

나설 차례를 잃어버린 레이덴의 경비병 여럿도 당황해서 두 사람에게 달려왔다.

"레이덴 백작님, 유란 님. 저…… 괜찮으십니까?"

"아, 하, 하…… 그럭저럭, 아…… 아야야."

알리시아의 부름에 유란은 헤실 웃으면서 대답했지만 새삼스레 맞은 곳이 아픈 모양이었다. 또다시 뒤통수를 감싸면서 신음했다.

"아. 아아아. 아파라. 엄청나게 아프네요. ……저 무사한가요……? 이 근처가 움푹 들어가지 않았나요……."

맞은 부위를 손으로 누르면서 유란은 우는 목소리를 냈다.

"으응. 움푹 파였는지는 만져보지 않으면 몰라요. 만져 봐도 될까요?"

"아뇨! 만지지 마세요! ……티르 도련님. 괜찮으신가요……?"

손을 뻗는 알리시아에게 도망치려던 유란의 뒤에서 티르나드가 경비병의 손을 빌려 말없이 일어났다.

검은 바닥에 비친 얼굴은 핏기가 완전히 가셔서 백지장 같았지만 몸의 떨림은 그럭저럭 가라앉은 모양이었다.

"아아. 무사하셔서 다행입니다……. 정말 그러시면 안 됩니다. 도련님. 도련님은 제가 하지 말라는 일만 하신다니까요."

"……시끄러워. 쓸데없는 짓을 했어. 너도 폭력에는 약한 주제에."

뾰로통한 얼굴로 한마디 내뱉고 티르나드는 작은 목소리로 말을 덧붙였다.

"……진짜 앞으로는 그러지 말라고. 약한 주제에. 너까지 없어지면 조금 상처받는다고."

"도련님…… 기쁩니다. 아아아, 그래도 아프긴 아프네요……."

티르나드는 감동과 고통에 눈동자를 촉촉하게 적시는 후견인에게서 천천히 알리시아에게 시선을 옮겼다.

"알리시아 님. 이제 잘 아셨겠지요. 라이센은 사납고 오만하며 제멋대로에 난폭한 폭군입니다."

카슈반을 비방하는 단어를 나열하다 보니 오히려 공포가 되살아났나 보다.

어깨를 부르르 떤 티르나드는 제 상태를 속이기 위해 어조를 강하게 했다.

"역시 더는 당신을 이곳에 둘 수 없습니다. 저와 함께 도망갑시다."

절박한 표정으로 재촉했지만 알리시아는 바로 고개를 저었다.

"아뇨. 죄송합니다. 그럴 수는 없어요."

"예의 위약금 때문입니까? 분명히 국가 하나에 필적하는 돈은 지급할 수 없지만…… 그래도 녀석을 어떻게 처리만 한다면……."

작은 목소리로 덧붙이는 위험한 제안에도 알리시아는 역시 고개를 저었다.

"예. 돈 문제도 물론 문제지만, 저는 카슈반 님의 아내니까요."

너무나도 시원스럽게 입에 올린 말에 티르나드는 거꾸로 놀란 얼굴을 했다.

"……남편을 받쳐주는 것이 아내의 의무……. 훌륭한 마음가짐이십니다만, 녀석은 제 아내를 납치한 남자를 그…… 때리기만 하고 끝낸 남자입니다."

맞을 뻔해서 공황 상태에 빠진 티르나드는 도중에 미묘하게 말을 얼버무리며 반론했다.

알리시아는 트레이스를 떠올리고는 더 열심히 고개를 저었다.

"아뇨. 납치되지 않았어요. 페이트린으로 데려가 준다는 얘기로 발전은 했지만…… 그러네. ……그래요. 역시 트레이스는 카슈반 님께 소중한 사람이에요."

알리시아도 알리시아였다. 후반에는 완전히 혼잣말을 했다.

티르나드는 한층 더 미심쩍은 얼굴을 했다.

"소중한 사람? 말도 안 돼. 그저 시시한 자기편 감싸기일 뿐입니다. 그 녀석에게 소중한 것 따위는 없습니다. 신을 믿지 않고 지방백의 명예를 돈으로 사는, 자기 멋대로 하고 싶은 대로 사는 인간입니다. 주체적인 의견을 내놓는 사람을 일체 옆에 두지 않는 최악의 독재자라고요."

알리시아도 카슈반이 고용인과 의논하거나 의견을 구하는 모습을 본 적이 없었다.

홀에서 치른 혼례식도, 대관을 벤 것도 전부 독단이었다.

다른 사람의 의견은 듣지 않은 채 혼자 방으로 돌아간 카슈반.

어제 마차 안에서 봤던 쓸쓸한 옆얼굴에 번져 있던 피로가 한층 더 짙어 보였다.

몰락을 받아들이지 못하고 시대에 뒤처진 족속이라고 경멸받으면서도 필사적으로 허세를 떨며 계속 버둥거렸던 부모님.

어딘지 부모님과 닮은 옆얼굴이 머릿속에서 떠나지 않았다.

"소중한 사람…… 그렇습니까. 그분께도 귀여운 점이…… 에구머니. 제가 한 말은 비밀로 해주십시오!"

또 실수로 입을 잘못 놀린 유란은 당황해서 버둥거리다 맞은 곳이 다시 아파진 모양이었다.

아야야 신음하는 후견인을 올려다보며 티르나드는 깊게 한숨을 쉬었다.

"마음은 잘 알았습니다. 얼빠진 후견인에게 응급처치해줄 필요도 있으니 오늘은 그만 실례하겠습니다."

말이 끝나자마자 티르나드는 재빨리 걸었다.

유란도 알리시아에게 꾸벅 인사를 하고는 아직도 아파하는 모습으로 경비병을 이끌고 저택의 입구로 걸어갔다.

"유란. 좋은 생각이 있어."

밖으로 나가면서 티르나드가 종종걸음으로 달려오는 후견인에게 속삭였다.

알리시아는 레이덴 백작과 후견인의 이야기는 알아차리지 못한 채 뻣뻣하게 다가오는 노라에게 인사를 건넸다.

"어머나. 노라. 안녕하세요."

"……안녕하세요. 마님. 대체 어떻게 된 일인가요. 카슈반 님은 왜 유란 님을 때리셨죠……?"

알리시아는 티르나드와 다른 사람들이 몰려온 일을 이야기해주었다.

알리시아가 설명하면 중요한 부분이 생략되거나 쓸데없는 표현이 붙었지만 노라는 다른 고용인과 병행해서 이야기를 들었다.

대략 사정을 이해한 노라는 무서움에 2층을 올려다보며 부르르 몸을 떨었다.

"어머나…… 그런 일이. 카슈반 님은 당분간 방에서 안 나오시겠네요."

"그럴 것 같아요."

어제도 그랬지만 카슈반은 무슨 일이 생기면 방에 틀어박히는 성향인가보다.

그러니 황폐한 화원에는 못 가겠네 실망하던 알리시아는 문득 생각이 미쳐 말했다.

"맞다. 노라. 지금이야말로 노라가 나설 차례에요."

"……예?"

대화하다 갑자기 화살이 자신에게 향하자 노라는 이상한 목소리를 냈다.

"카슈반 님, 무척 지치셨잖아요. 그러니까 노라. 가서 위로해드려요."

"왜 제가요? 지금의 카슈반 님을요!?"

하녀는 말도 안 된다고 외쳤고 다른 고용인도 일제히 겁먹은 얼굴을 했다.

알리시아는 태평하게 말했다.

"그렇지만 노라는 카슈반 님 애인이잖아요? 애인이라면 이런 때 남자의 마음과 몸을 치유하는 역할을 맡아야죠."

옳은 말이었다.

한순간 노라는 매우 분하다는 얼굴로 중얼거렸다.

"……웃, 꽤 하는군요. 역시 평범한 아가씨는 아니었어요……."

알리시아를 매우 과대평가하는 말을 입에 올린 노라가 이어 말했다.

"그렇죠. 마님. 지금이야말로 마님이 나서실 차례랍니다."

"나요?"

"정말로 주인님이 지치고 괴로우실 때 의지할 수 있는 사람은 애인 따위가 아닙니다. 역시 정실인 마님께서 직접 주인님을 위로하시는 쪽이 옳지 않을까요?"

"어머나. 그러게."

알리시아는 매우 시원스럽게 노라의 말에 수긍하는 모습을 보였다.

"알았어요. 그럼 내가 가죠."

말하자마자 알리시아는 2층으로 올라가려 했다.

그런 마님을 중년의 요리사가 붙잡아 세웠다.

"기다려주십시오. 마님! 그것이…… 주인님 방으로 가, 가신다면, 적어도 뭔가를 갖고 가심이 어떨까요."

"단!"

노라가 당황해서 요리사를 불렀다.

하지만 이전에 알리시아의 요리 솜씨에 감탄했던 요리사 단은 개의치 않고 계속 말했다.

"외출하시기 전이라서 카슈…… 아뇨, 주인님은 아직 아침을 드시지 않으셨습니다. 마님은 요리 솜씨가 무척 좋으시더군요. 주인님도 기뻐하실지 모릅니다."

"그러네요. 배가 고프면 한층 더 짜증스러워지죠. 고마워요. 음, 그러니까 단."

생긋 웃은 알리시아는 방향을 전환해 부엌으로 향했다.

도와주고자 뒤를 따르는 단을 배웅하며 노라는 흥하고 작게 숨을 내뱉었다.

"……단을 아군으로 만들었나요. 소용없어. 저런 상태인 카슈반 님께 가까이 갔다가 무사했던 사람은 한 명도 없었으니까."

　깊은 접시를 한 손에 든 알리시아는 낮에도 어두운 복도를 걸어 카슈반의 방에 도착했다.

　평상시에도 넓은 저택에 걸맞지 않게 고용인 수가 적어 저택 안은 텅 비어 보였다.

　그런데 저택 주인의 방 근처는 마치 묘지와도 같았다.

　카슈반이 기분이 나쁘다는 사실을 알고 모든 고용인이 숨죽이고 기다리는 모양이었다.

　"점심 전인데도 이런 분위기니 거꾸로 재밌는걸."

　중얼거리면서 알리시아는 금으로 둘레를 장식한 칠흑색의 문을 가볍게 두드렸다.

　"누구냐. 배짱 한번 좋군."

　퉁명하게 누군지 묻는 목소리에 알리시아는 솔직하게 이름을 댔다.

　"알리시아예요."

　잠시 시간이 지나 문이 약간 열리고, 카슈반이 얼굴을 쏙 내밀었다.

　방으로 물러날 때보다 약간이지만 사나운 기운이 걷힌 얼굴이었다. 단순히 방문자가 너무 의외여서 놀란 탓이 컸으리라.

　"……그대인가. 무슨 일이오. 대체."

　"음. 그러니까…… 많이 지치셨죠. 아내로서 위로해드리려고 왔습니다. 저 이걸."

위로라는 한마디에 카슈반은 눈썹을 모았지만 알리시아가 내민 접시와 피어오르는 냄새에 점점 이상한 얼굴을 했다.

지나칠 정도로 평상시와 다를 바 없어 보이는 아내와 처음 보는 요리가 담긴 접시를 번갈아 바라본 후 포기했다는 듯 후하고 한숨을 내쉬었다.

"……내 방에 오지 말라는 말도, 먹을 걸 갖고 오지 말라는 말도 미처 하지 않았군."

쫓아낼 기력도 없다는 느낌이었지만 어쨌든 카슈반은 알리시아를 실내에 들였다.

방에 들어선 순간부터 주변을 두리번거리던 알리시아의 눈에 가장 먼저 부드러운 녹색을 띤 털이 짧은 융단이 들어왔다.

벽도 밝은 회색 돌로 덮어서 다른 방과 같은 부분은 새카만 천장 뿐이었다.

"……내가 지쳤다, 라."

아내의 말을 복창하면서 카슈반은 방 안쪽 책상으로 향했다.

카슈반 등 뒤에 있는 창문을 덮은 커튼도 녹색이었다.

다른 방에는 여기저기에 붙박이로 설치한 날개 달린 괴물의 상조차 없었다.

검은색과 붉은색으로 구성한 다른 곳과는 완전히 달라서 저택 주인의 방은 시시할 정도로 평범한 인상이었다.

별로 넓지도 않을뿐더러 가구도 책상과 작은 탁자, 구석에 침대가 놓인 정도가 전부였다.

"알리시아?"

"음. 앗…… 아 그러니까. 평범한 방이네요."

우선 감상을 내뱉은 아내의 모습에 책상에 앉은 카슈반은 작게 웃었다.

"저택 전체가 악취미로 통일되어 있으니 말이오. 적어도 내 방에서 장식 정도는 정상적으로 해놓고 싶었지."

나라면 반대일 텐데.

그렇게 생각하며 알리시아는 산처럼 쌓인 서류 더미를 피해 카슈반 앞에 접시를 내려놓았다.

접시에는 되는 대로 여러 가지를 섞어서 만든 스튜가 담겼다. 아침에 먹기에는 위에 좀 부담스러울지 모르지만 영양만큼은 만점이다.

"일부러 수고하셨소. 부인. 누가 그대를 이리로 보냈소?"

"아뇨. 스스로 온 거예요."

알리시아가 그렇게 대답하자 카슈반은 약간 의외인 듯한 소리를 냈다.

"신경 쓰게 만들어서 미안하오. 내가 그렇게 배고픈 얼굴을 하고 있었소?"

"배가 고프달까……. 많이 지쳐 보여서요. 그럴 때 식사를 거르시면 더 지친답니다. 하물며 카슈반 님은 먹을 것이 부족하지도 않으니까요."

죽기 직전, 알리시아의 부모도 완전히 지쳐버렸다.

너를 좋은 집으로 시집보내려면 지참금이 필요하다.

이제 겨우 열 살을 갓 넘긴 딸에게 두 사람은 반복해서 말했다.

페이트린에 견줄 집안은 한정됐다.

이 가문이 집안이 좋다.

아니 저쪽이 좋다…….

거론된 명문가 사람들이 들었다면 아마 실소하고 이야기가 끝났으리라.

그러나 부모님은 매우 진지했다.

딸을 좋은 가문에 시집보내기 위해서는 지금 1제달도 낭비할 수 없다고 반복해서 말하곤 했다.

먹을 것도 제대로 없는데 마지막에 마지막까지 허세와 체면 유지를 최우선 사항으로 삼고 살았다.

전부 외동딸을 위해서라며 계속 고집을 피우다가 완전히 지친 두 사람은 죽었다.

그에 비하면 카슈반은 부자다. 먹을 것은 주방에 넘칠 정도다.

잘 먹고 푹 잔다. 지쳤을 때는 이만한 것이 없다.

"……뭐 그야 그렇지만. 요리사가 요리하게 해버린 모양이군. 일부러 새로운 음식을 만들었나."

알리시아처럼 어린 소녀에게 설교를 들어 창피했는지 카슈반은 나직한 목소리로 다른 이야기를 꺼냈다.

단이 자신을 배려한 결과 낯선 요리가 나왔다고 여긴 듯했다.

알리시아는 고개를 저으며 대답했다.

"아뇨. 제가 조금 전에 만들었답니다. 문제는 입에 맞으실지 어떨지 모르겠지만요."

"너…… 그대가?"

한층 더 의외라는 얼굴로 카슈반이 말실수를 했다.

알리시아는 생긋 웃었다.

"너라고 하셔도 상관없습니다. 나이도 많이 차이나고 또 저는 카슈반 님이 사들인 몸이니까요. 신경 쓰지 않으셔도 괜찮답니다. 충분히 좋은 대접을 받으니까요."

카슈반은 진지한 얼굴로 알리시아를 바라보고는 천천히 깊은 접시에 걸친 숟가락을 들었다.

접시에 담긴 내용물을 후루룩 한번 마셔보고 가볍게 눈을 떠올리며 소리를 냈다.

"맛있는데."

"다행이다."

알리시아도 안도한 목소리를 냈다.

약간 식기는 했겠지만 처음부터 식어도 몇 시간은 맛이 유지되게 만들었다. 기껏 만든 식사를 남기거나 버린다면 너무 아까웠다.

한 입 먹어보고 거꾸로 배고픔을 느꼈는지 카슈반은 잠시 동안은 말없이 스튜를 먹었다.

알리시아는 자기 몫도 가져올 걸 그랬다고 생각하며 남편이 묵묵히 스튜를 먹는 모습을 바라보았다.

금세 접시를 깨끗하게 비운 카슈반은 표정이 밝아졌다. 아내를 바라보는 시선에도 야유가 섞이지 않고 감탄의 빛이 섞여 나타나기 시작했다.

"……넌 정말로 이, 아니 별스러운 여자다. 아까 그 일을 보고도 용케 내 방에 오려고 생각했군."

아까 벌어졌던 광경을 일부러 되살리는 말에도 알리시아는 여전히 생글거렸다.

"조금은 기운을 차리셔서 다행이에요. 식사하지 않으면 여러모로 날카로워지거든요. 카슈반 님은 가뜩이나 바쁜 분이신데 지쳤을 때 식사도 안 하시면 쓰러지실 거예요."

카슈반은 말 속에 뼈를 담아 중얼거렸다.

"배고프고 짜증이 나서 그 녀석을 때리진 않았지만."

"알고 있어요. 트레이스에 관해 말했기 때문이죠? ……어머?"

유란처럼 실언했다는 사실을 깨달은 알리시아가 저도 모르게 묘한 소리를 냈다.

카슈반의 눈초리가 순간 날카로워졌다.

하지만 아마 배가 든든해졌기 때문이리라.

질려서 작게 한숨을 쉬었을 뿐이다.

"정말이지 입이 가벼운 녀석들은 어디에든 있다니까. 그게 아니면 아직 내 지배력이 부족한 건가. 백작가의 도련님에게 쓸데없는 소리를 늘어놓은 바보 녀석을 나중에 찾으러 가야지."

전의가 느껴지는 그 말을 듣고, 알리시아는 잠시 생각하고 나서 이어서 이렇게 말했다.

"저 카슈반 님. 역시 트레이스는 카슈반 님께 소중한 친구인가요?"

학습한 흔적도 없는 데다 여러 번 질문해도 질리는 기색도 없어 보이는 아내에게 카슈반은 어이없어했다.

"……정말 내 지배력이 한참 부족하군. 아내가 지시 하나도 못 지키게 하다니."

진절머리 치며 반성하고는 있지만 여태까지처럼 질문 자체를 거부하는 모습은 보이지 않았다.

알리시아도 알리시아였다.

지금까지 일어났던 일들을 떠올리면서 떠드느라 정신이 팔려 남편이 어떤 상태인지 알아차리지 못했다.

"소꿉친구라고 말씀하셨죠. 그러면 트레이스가 전에는 여기 살았나요. 아니면 카슈반 님이 마을에 사셨나요?"

"……그 녀석이 여기 살았다."

금지해도 소용없다고 생각했을까. 카슈반은 자포자기해서 답했다.

알리시아를 편하게 부르기 시작했기 때문일까, 아니면 대화의 주제가 소꿉친구에 관해서였기 때문일까.

점차 허물없는 어조로 변했다.

"그 녀석은 말이야. 옛날에 이 저택에서 하인으로 일했다. 그 외에 비슷한 또래의 고용인이 없어서 옛날에는 꽤 사이좋게 지냈지."

"그러셨군요. 지금은 왜 사이가 안 좋으시죠?"

단도직입적인 질문에 카슈반은 침묵했다.

이 질문은 하지 말았어야 했나.

알리시아가 그렇게 생각했을 즈음에 카슈반은 의미심장하게 웃었다.

"그 녀석은 내가 괴물이 됐다고 생각하니까."

"괴물?"

흥미를 끄는 단어가 나왔기에 저도 모르게 알리시아는 기쁜 목소리를 냈다.

카슈반은 되물음에는 답하지 않은 채 한층 더 수수께끼 같은 말을 입에 올렸다.

"흔한 옛날이야기에서 인간 왕자님이 죽을힘을 다해 노력하면 나쁜 괴물을 이길 수 있지. 하지만 트레이스와 내가 아는 괴물은 말도 논리도 통하지 않아서 어떻게 손 쓸 수 없는 괴물이었다."

카슈반은 알리시아가 즐겨 입에 올릴 법한 이야기를 담담하게 계속했다.

날카로운 검은 눈동자 깊은 곳에는 트레이스나 티르나드를 겁먹게 했던 어슴푸레한 빛이 떠올랐다 사라졌다.

"그래서 나도 괴물이 될 수밖에 없었다. 그러니까 녀석이 괴물이라 생각해도 별수 없어."

영문도 모르는 채 알리시아는 남편의 얼굴을 바라보았다.

하지만 카슈반은 이제 어떻게 할까? 라고 말하고 싶은 듯 장난스럽게 웃는 얼굴로 알리시아를 쳐다볼 뿐이었다.

좀 더 생각 한 뒤 알리시아는 물어보았다.

"카슈반 님은 트레이스와 사이좋게 지내고 싶지 않으시죠?"

장난스러운 미소가 카슈반의 얼굴에서 걷혔다.

대답도 돌아오지 않았다.

"하지만 카슈반 님은 트레이스의 기분을 존중하시죠."

"……왜 그렇게 생각하지?"

카슈반이 메마른 목소리로 되묻자 알리시아는 솔직하게 생각한 바를 답했다.

"카슈반 님은 아즈베르그의 폭군이라고 불리시며 뭐든 마음대로 하실 수 있잖아요? 그러고자 마음만 먹는다면 트레이스에게 개목걸이를 걸어서 저택까지 끌고 온 뒤, 다리를 잘라서 가두는 짓도 가능하시죠. 그리고는 음. 삼각 목마에 앉힌다든가, 물통에 머리를 박든가 하실 수도 있죠."

'날개의 기도'를 신봉하는 사람은 물 밑 왕국에 가기를 가장 두려워한다. 물과 관련된 죽음은 신도로서 가장 피하고 싶은 일이었다.

잠시 침묵이 흐른 뒤 카슈반은 눈을 매우 반짝거리는 알리시아에게 중얼거렸다.

"……내가 트레이스라면 그런 짓을 하는 녀석하고는 절대 친구 사이로 되돌아가고 싶지 않을 텐데."

"그렇죠? 카슈반 님은 트레이스를 배려해 다시 데리고 오지 않으시죠."

알리시아가 묘하게 자신감 넘치는 태도로 딱 잘라 말했다.

카슈반은 말없이 아내를 바라보다 졌다고 말하듯이 작게 웃었다.

"그럴지도 모르지……."

산뜻하게 인정해놓고도 카슈반은 얼굴에 체념하는 기색을 떠올렸다.

바란다고 결코 바라는 대로 이루어지지 않는다.

이미 사실을 안다고 말하듯이.

"녀석은 설령 개목걸이를 채워서 끌고 오더라도 간단하게 돌아오지 않을 거다. 얌전해 보여도 뜻밖에 완고하고 융통성이 없는 데다가…… 신에 대한 견해가 너무 달라."

배가 찼기 때문인지 잠시 밝아졌던 카슈반의 표정에 또다시 그림자가 드리워졌다.

그가 입에 올린 신이라는 단어에 알리시아는 아까 홀에서 있었던 일을 떠올렸다.

"저 카슈반 님. 카슈반 님은 어째서 '날개의 기도' 가르침을 싫어하시죠?"

여전히 비꼬는 기색이라고는 전혀 없는 질문에 카슈반은 입을 다물었다.

살짝 입을 열다 말고 대답하는 대신 반대로 질문을 던졌다.

"알리시아. 너는 '날개의 기도' 가르침이 좋은가?"

질문에 질문으로 대답했지만 특별히 캐묻지 않고 알리시아는 순순히 생각에 잠겼다.

"그러네요. 좋다거나 싫다거나 생각한 적이 없네요. 무척 친숙하지만요."

귀족과 왕족이 지배하는 근원을 형성한 국교다. 물론 어릴 때부터 들어왔다.

허나 카슈반이 말했듯 가르침이 절대적이었던 시절도 지금보다 옛날이야기였다.

성녀 아셸을 박해한 자들의 자손이라서 죽을 때까지 죄를 갚을 운명인 농민들.

반란을 완전히 억누르지 못한 국가는 농민 일부에게 작위라는 당근을 주어 달랬다.

즉, 농민들의 주장이 정당하다고 어느 정도 인정했다.

그렇지 않으면 실단이라는 국가 자체가 산산이 무너져버릴 것이다. 지방백을 비롯한 기존의 귀족들도 사실을 분명히 이해했다.

하지만 말은 그렇게 해도 수긍하지 못하는 부분이 분명히 있었고, 국왕에게서 귀족들의 마음이 멀어지는 원인이 되었다.

비슷한 현상이 '날개의 기도' 교단에서도 일어났다.

교단 측은 신흥 귀족에게도 원래 귀족이었던 사람들과 마찬가지로 심한 악행을 저지르지 않는 한 사후의 날개를 줄 수 있다는 견해를 공표했다.

무력으로 지위를 빼앗아 벼락출세한 자들에게 그냥 날개를 주겠다고 하는가.

무슨 일이 있을 때마다 알리시아의 부모님은 그렇게 탄식했다.

그 결과 귀족들의 마음이 교단에서 멀어졌고 점차 '날개의 기도' 영향력도 약해졌다.

농민들이 물 밑 나라로 가기를 두려워하는 마음이 옅어지는 악순환에 빠졌다.

"그렇겠지. 너도 뭐…… 명문가 아가씨니까. 귀족에게는 딱 유리한 가르침이고 이 나라에서 태어난 사람이라면 당연히 누구나 배우니까."

카슈반은 앞부분 단어는 신중하게 선택했다. 하지만 후반부에는 말에 차가운 울림이 담겼다.

알리시아는 차가운 어조에는 반응하지 않고 그렇다고 맞장구를 치고는 말을 계속했다.

"날개를 사는 데 돈이 들지 않는다는 점은 매우 고맙답니다. 하지만 더 높은 나라는 영원한 정적과 평온에 둘러싸인 세계래요. 좀 재미없는 곳이라는 생각도 든답니다. 반면에 물 밑 나라에는 사람을 머리부터 와삭와삭 먹어치우는 괴물들이 많다죠. 잠깐 그쪽을 들여다보고 싶기도 하답니다."

관광지라도 둘러보는 관광객처럼 가벼운 대답이었다.

무려 그 카슈반도 할 말을 잃었다.

이윽고 카슈반은 쓴웃음을 지으면서 자리에서 일어났다. 알라시아의 앞으로 걸어와 노르스름한 빛을 띤 머리카락에 덮인 머리를 쓰다듬었다.

"그렇겠지. 하지만 썩어도 준치라고 너는 페이트린의 고귀한 피를 이은 몸. 성녀 아셸의 가호를 받은 인간의 자손. 어지간한 일이 아니고서야 자동으로 사후에 날개를 받는 처지지."

카슈반은 목소리가 약간 낮아졌다.

하지만 머리를 쓰다듬으니 간지러움을 타는 알리시아와 눈동자와 마주쳤고 카슈반의 눈 깊숙한 곳에 떠오르려던 검은 빛이 애매한 웃음으로 바뀌었다.

"그들이 말하는 날개는 원하는 사람은 손에 넣을 수 없고 필요 없는 녀석에게 건넨다. 지위가 높은 인간을 계속 모시면서 충분히 죄를 갚았을 가련한 신자는 죽어서도 구원받지 못해. 그 가르침을 싫어하는 이유는 충분히 알았는지. 내 아내여."

괴물 운운했을 때처럼 카슈반은 다시 의미심장한 말만 늘어놓고는 멋대로 말을 맺었다.

그래도 하고 싶은 말을 다 해버리고 기분이 풀렸는지 표정은 한결 개운해졌다.

"미안하지만 또 나가봐야 해. 기껏 와주었는데 미안하다만 이제 방으로 돌아가."

알리시아의 머리를 쓰다듬던 손을 뗀 카슈반은 알리시아에게 퇴실하길 재촉했다.

"안타깝네요. 시간이 있으시다면 함께 식사하면 좋겠다고 생각했는데."

알리시아는 아직 실내에 떠도는 스튜 냄새에 금세 꾸르륵 울릴 것 같은 배를 누르며 중얼거렸다.

정말로 아쉬워하는 기색에 카슈반은 문득 시선을 천장으로 향하고 말했다.

"미안하지만 지금은 시간도 없고 장소도 좋지 않군. 그래도 저녁은…… 확약은 못 하지만 가능한 한 함께 먹도록 하지."

"기뻐라. 역시 식사는 다른 사람과 함께 해야 더 맛있지요."

카슈반은 정말로 기쁜지 표정을 환하게 밝힌 아내의 머리에 다시 손을 뻗어 새끼 고양이에게 하듯이 쓰다듬어주었다.

[제4장] 모든 것은 장미 밑에

며칠은 특별한 일 없이 지나갔다.

카슈반의 방에서 멀쩡히 돌아온 알리시아를 보고 노라는 매우 놀란 얼굴이었다.

다른 고용인도 마찬가지였다.

특히 주인의 식사 취향을 알려준 단은 거의 존경하는 눈으로 마님을 바라보았다.

덕분에 언제부터인가 카슈반이 외출했어도 알리시아의 식사를 고용인이 준비해주었다.

그 사실이 기뻐 알리시아는 때때로 주방에서 식사했고, 요리사를 중심으로 점차 여러 고용인과 말을 주고받았다.

이를 재미없어하는 노라에게 알리시아는 예의 황폐한 화원에 안내해달라고 넌지시 말을 건네곤 했다.

하지만 좀처럼 긍정적인 대답이 돌아오지 않았다.

카슈반이 영지 내 먼 곳까지 갔음에도 노라는 "아뇨. 오늘은 안 됩니다"라고 잘라 말하곤 했다.

"카슈반 님. 오늘은 안 나가시네……."

잠들어버렸던 알리시아는 읽던 책을 정리하고 침대를 빠져나와 차가운 검은 바닥에 발을 내리며 혼잣말을 했다.

저택에 카슈반이 있으면 아침을 함께 먹을 수 있으니 기뻤다.

동시에 카슈반이 있으니 노라에게 황폐한 화원으로 안내해달라고 할 수 없었다.

"트레이스를 만났을 때도 그렇게 혼나진 않았으니까 몰래 가도 괜찮을지도. ……어머."

중얼거리며 복도를 걷던 알리시아는 저택 문이 열린다는 사실을 알아차렸다.

들어오는 사람은 티르나드, 유란, 그리고…….

"그만할래! 왜 이런 일을 맡아야 하냐고!"

그런데 풍경이 여느 때와는 반대였다.

유란이 선두에 서서 걸었고 티르나드가 후견인을 제지하려 했다.

옆에 또 한 사람. 조잡한 옷을 입은 금발의 젊은이가 있었다.

긴장한 듯 눈을 내리깔고 걷는 모습.

알리시아는 놀라서 이름을 불렀다.

"어머나. 트레이스. 어떻게 된 거예요?!"

"앗. 알리시아 님이시군요."

가까이 다가온 알리시아에게 느긋하게 웃으면서 대답한 사람은 유란이었다.

아직 까까 아우성치는 티르나드와 말이 없는 트레이스를 거느린 모습으로 유란은 생글거리면서 물었다.

"라이센 공작 각하는 계십니까? 이전의 무례를 사죄드리고자 찾아왔습니다."

"이것 봐, 유란! 날 무시하지 마!"

"아. 아파요. 아픕니다. 머리카락을 잡아당기면 며칠 전에 얻어맞은 부분이 욱신거린다고요. 아. 아아아. 공작님."

피후견인이 긴 머리카락 끝을 잡아당기는 바람에 고개가 뒤로 젖혀지는 상황에서도 유란은 그렇게만 불평했다.

알리시아가 이끌리듯 돌아보자 계단 위에 카슈반이 어안이 벙벙한 얼굴로 서 있었다.

"……트레이스."

"카슈반 님……."

이 저택에서 두 사람이 얼굴을 마주 보기는 몇 년 만, 아니 자칫하면 몇십 년 만일지도 몰랐다.

재회한 죽마고우는 시선을 주고받는 순간 쌍방 다 아픈 표정을 지었다.

"일전에는 대단히 실례했습니다."

드디어 트레이스 쪽이 먼저 포문을 열었다.

자리에 재빨리 무릎을 꿇더니 영주를 향해 머리를 숙였다.

일전에 재판은 필요 없다고 말했던 때와 비슷한 자세였지만 입에서는 조금 어색해도 매우 유려하고 세련된 말이 흘러나왔다.

"……오랫동안 저는 시시한 고집을 부렸습니다. 당신께서 가장 힘드실 때 저는 일방적으로 몰아붙이고 곁을 떠났습니다. 그런데도 카슈반 님은 저를 책망하지 않으시고 다른 자들과 평등하게 대우해주셨습니다."

검은 바닥을 바라보며 중얼거리자 카슈반은 대꾸할 말을 잃어버렸다.

대신 그는 입을 다문 채 시선을 움직여 생글거리고 있는 유란을 발견하고 낮은 목소리를 냈다.

"대체 어떻게 된 일이냐. 네놈들이 꾸민 짓인가."

"아니야! 이 녀석이 멋대로 했다고!"

외친 자는 티르나드였다.

"왜 네놈들 친구 놀이를 중재해줘야 한단 말이냐! 트레이스도 트레이스다! 그런 취급을 당하고도 용케 돌아올 마음이 들었구나! 유란 따위가 설득하는 말에!"

설득이라는 단어에 카슈반은 놀란 얼굴을 했다.

유란은 쑥스럽다는 표정을 지었다.

"아니 그게 말입니다. 처음에는 도련님이 말을 꺼내셨답니다. 진짜로 트레이스 씨가 공작님께 소중한 분이라면 무슨 일이 생기면 분명히 공작님이 상처 입으실 거라고…… 에구머니."

실언으로 봐주고 끝내지 않을 발언에 티르나드의 얼굴색이 바뀌었다.

카슈반의 눈초리가 변하고, 트레이스도 미묘한 얼굴을 했지만 유란은 서둘러서 말을 덧붙였다.

"아니 그렇지만, 너무 충동적이잖습니까. 그래서 제가 이분의 집을 오가면서 여러 가지 이야기를 들었답니다."

요 며칠간 얌전하다고 생각했더니 그런 일을 했던 모양이었다.

"이분의 이야기를 듣고 저는 확신했습니다. 트레이스 씨는 역시 공작님께 소중한 친구더군요. 그 유명한 폭군도 역시 인간…… 에구구. 아니 그것보다."

또 쓸데없는 말을 해버린 유란은 서둘러 카슈반에게서 눈을 돌리고는 계속 무릎을 꿇은 채인 트레이스를 상냥하게 바라보았다.

"어떠십니까? 공작님. 이 저택에는 고용인이 적다고 들었습니다. 공작님께서도 줄곧 트레이스 씨에게 신경을 쓰고 계시니 이참에 돌아오라 하심이 어떠십니까?"

그 제안에 카슈반은 살짝 눈을 크게 뜨고는 말없이 트레이스를 쳐다보았다.

트레이스는 여전히 고개를 숙인 채였지만 유란이 한 제안을 받아들인 모습으로 말을 이었다.

"……뻔뻔한 부탁인지는 잘 압니다. 하지만 저도 카슈반 님이 내내 신경 쓰였습니다. 마을을 떠나 의도적으로 카슈반 님에 대한 정보를 차단하려고 했었습니다만…… 오히려 당신에게 더 강한 편견을 갖게 되었다는 생각도 듭니다."

트레이스는 자리에서 일어서 빈곤한 차림새와는 정반대로 우아하게 인사를 했다.

세련된 동작은 아마도 어릴 때부터 귀족 저택에서 일했기에 익힌 결과물이리라.

"만약 카슈반 님만 괜찮으시다면 저를 다시 곁에 두어 주시겠습니까. 소꿉친구라고 어리광을 부릴 생각은 조금도 없습니다. 다른 고용인들과 마찬가지로 아니, 더한 취급을 받아도 상관없습니다. 부디……"

"마음에 안 드는군."

카슈반이 중얼거렸다.

트레이스로서는 간청을 하는데 큰 용기가 필요했으리라.

원래부터 가느다랗던 목소리가 도중에 끊어지고 트레이스는 시선을 대각선 아래쪽으로 떨어뜨리고는 그대로 침묵하고 말았다.

"내가 그렇게 돌아오라 말했을 때는 무시하더니 성직자 따위의 설교는 받아들였냐. 분명히 너는 예전부터 신을 무척 좋아했지."

"설교는 성직자에게는 특기니까요. 공작님처럼 덮어놓고 지시하면 무시하고 싶어지지요. 에구구."

쓸데없는 소리까지 기쁘게 떠들어댄 유란을 카슈반은 불쾌하다는 눈초리로 찌릿 노려보았다.

카슈반은 당황해서 티르나드의 뒤에 숨으려는 유란의 모습에 가볍게 혀를 차고는 다시 한번 "마음에 들지 않아"라고 내뱉었다.

"……죄, 죄송합니다. 새삼스럽게, 정말로, 뻔뻔한, 짓을……"

머리 위에서 쏟아지는 위압감을 견딜 수 없어진 트레이스가 귀를 빨갛게 물들이며 사죄하기 시작했다.

지금이라도 도망갈 것 같은 트레이스의 모습에 카슈반은 한숨을 내쉬고는 발길을 돌렸다.

"왜 이렇게 기쁜지. 그게 더 화가 난다."

퍼뜩 시선을 든 트레이스를 등진 채 카슈반은 퉁명스러운 목소리를 냈다.

"네 방은 아직 남겨놓았다. 내 방은 2층이다. 나중에 내 방으로 와라."

턱짓하며 오만하게 말했지만 그 입에서 나온 말은 딱 토라진 어린애 투정이었다.

"어서 오라고는 말하지 않겠다. 원래부터 저택에서 내보낸 기억이 없으니까."

카슈반은 올곧은 자세로 계단을 올라갔다.

그 등에 대고 유란이 마음을 굳게 먹고 말을 걸었다.

"어떻습니까. 이제 '날개의 기도'교도 조금은 괜찮은 존재라고 생각하게 되셨나요?"

트레이스를 설득해 데려온 유란이 가장 하고 싶었던 말이었나 보다.

카슈반은 순간 자리에 멈춰 섰지만 돌아보지는 않았다.

"기어오르지 마라. 남의 영지에 멋대로 주저앉은 대금으로는 아직 한참 부족해. 국왕의 사면장이 있다고 너무 우쭐대지 말라고."

"……하하하. 역시."

티르나드의 등 뒤에 숨어서 유란은 메마른 소리를 냈다.

"하긴 원래부터 공작님이 감사해야 할 사람은 제가 아니라 알리시아 님이지만요."

다시 걷기 시작하려던 카슈반의 발이 다시 멈췄다.

의아하게 돌아본 카슈반은 고개를 갸우뚱하는 아내를 보고 눈을 가늘게 떴다.

"알리시아. 설마 트레이스를 설득해달라고 저 녀석에게 부탁했나?"

"하하. 아뇨. 이전에 공작님께서 도련님께 음. 그러니까…… 그때 알리시아 님이 말씀하셨죠. 공작님은 트레이스 씨를 소중하게 생각하신다고요. 그래서 저도 공작님께도 소중한 사람이 있다고 알아차렸지요."

때렸다는 얘기를 하면 티르나드가 겁먹겠다고 생각했으리라.

드물게도 말실수를 피한 유란은 깔끔하게 말을 매듭지었다.

"……흥. 그럼 네놈들에게 특별히 은혜를 입었다든지 고맙다고 의리를 느낄 필요는 없겠군."

예상대로 카슈반은 자신들의 호의를 받아들이지 않았다. 그러나 유란은 만족스러운 모양이었다.

시선을 다시 정면으로 되돌리기 전에 한순간, 카슈반이 어딘지 부드러운 표정을 지었음을 알아차렸으리라.

"뭐, 괜찮습니다. 일전에 우리 도련님이 무례하게 군 점에 대한 사죄는 되었겠지요. 자, 도련님. 돌아가자고요."

유란이 부드러운 목소리로 재촉했지만 티르나드는 내밀어진 팔을 거칠게 뿌리쳤다.

깜짝 놀란 유란은 물론 아직 계단을 올라가는 중인 카슈반과 트레이스를 노려보며 티르나드는 큰소리로 외쳤다.

"뭐냐! 웃기지 마! 나는 네놈 고용인을 도와주러 여기 온 게 아니라고! 나는……!"

숨을 거칠게 몰아쉬며 외친 티르나드는 마지막에 왜인지 알리시아를 바라보았다.

"……두고 보라고. 라이센!"

성큼성큼 저택을 나서는 티르나드를 유란이 당황해서 쫓아갔다.

항상 그랬듯이 여전히 떠들썩하게 퇴장하는 모습에 카슈반은 가볍게 어깨를 으쓱했을 뿐, 다시 제 갈 길을 갔다.

"어서 와요. 트레이스."

홀에 혼자 남겨진 트레이스에게 알리시아는 미소를 지으며 말을 걸었다.

그러기가 무섭게 트레이스는 황송한 표정을 지으며 깊이 머리를 숙였다.

"마님. 저, 일전에는 몰랐다고는 하나 대단히 실례를 범했습니다."

"아뇨. 그보다 역시 당신도 카슈반 님을 소중한 친구라 생각하는군요. 돌아와 줘서 기뻐요."

그때 일이 돌아가는 상황을 지켜보던 노라가 가까이 다가왔다.

"당신이 트레이스? 요전에 마님께 들었습니다만…… 그래요. 카슈반 님의 친구군요."

하녀 복장인 노라를 보고 트레이스는 고개를 끄덕였다.

"너는…… 본 적이 없는 얼굴이군. 그런가. 새 고용인이 몇 명인가 들어왔다는 얘기를 들은 적이 있는데……."

혼잣말을 하는 트레이스에게 알리시아는 노라를 소개했다.

"트레이스. 이쪽은 노라. 내 전속 하녀고 카슈반 님의 애인이에요."

"……예?"

한껏 이상한 얼굴을 한 트레이스에게서 노라도 눈을 살짝 돌렸다.

"저…… 애인…… 이라고요? 사교님께 들었습니다만 알리시아 님은 카슈반 님과 결혼하신 지 얼마 안 됐다고……."

"예. 카슈반 님의 아내가 된 지는 얼마 안 됐어요. 하지만 노라는 몇 년간 카슈반 님께 무우척 귀여움을 받았대요."

"마님."

노라는 어험 헛기침을 한 뒤 쓸데없는 소리만 잘 기억하는 마님의 말을 중단시켰다.

"카슈반 님께서 트레이스에게 나중에 방으로 오라고 하셨죠? 너무 붙잡아 두면 안 돼요."

"어머나. 그러네. 미안해요. 트레이스."

트레이스는 생긋 미소를 지으며 자리를 떠나는 알리시아의 뒷모습을 잠시 어리둥절한 표정으로 바라보았다.

뭐가 뭔지 잘 모르는 트레이스에게 노라는 친절하게 충고를 해주었다.

"별난 분이에요."

"그, 그렇군……."

한마디로는 다 표현할 수 없는 특별한 무언가를 느꼈는지 트레이스는 여전히 알리시아가 사라진 방향을 보았다.

그러는 사이 단을 비롯해 저택에 오래 머물렀던 고용인들이 트레이스에게 모여들었다.

노라는 트레이스를 잘 몰랐으므로 시시하다는 얼굴을 하고서 자리를 떴다.

트레이스가 돌아온 후 알리시아는 왠지 저택 안 공기가 달라졌다고 피부로 느꼈다.

"즐거워 보이는걸. 카슈반 님."

즐겁다는 듯이 웃으면서 알리시아는 자신이 만든 저택 지도를 한 손에 들고 또다시 저택 안을 탐색하는 중이었다.

지금까지는 줄곧 카슈반에게는 오른팔이라고 할만한 존재가 없었 던 모양이었다.

하지만 지금은 트레이스가 조심스럽게나마 카슈반의 곁에 머무르 며 이것저것 이야기를 하고 있었다.

근면하고 성실한 트레이스는 몇 년 만에 돌아온 저택에 바로 익숙 해져 어느새 집사 비슷한 일을 맡았다.

일반적으로 저택을 떠났다가 갑자기 돌아온 남자가 바로 높은 지 위에 오르면 다른 고용인이 반발할 법했다.

하지만 대다수 고용인은 오히려 트레이스가 그런 상황이 되어 기 뻐했다.

첫 번째 이유는 고용인이 과거 트레이스가 있었을 때와 크게 달라 지지 않았기 때문이었다.

두 번째 이유는 트레이스의 존재가 때로는 격렬하게 짜증을 내는 주인과 다른 사람 간에 완충재 역할을 했기 때문이었다.

"카슈반 님께 의견을 말할 수 있는 인간이 지금까지 줄곧 없었습 니다. 물론 주인님의 명을 거스를 생각은 없습니다만. 그렇게 되었 죠."

애매하게 말끝을 흐린 단은 마지막에 알리시아를 향해 머리를 숙 였다.

"마님이 부탁하셔서 사교님이 트레이스를 설득해주셨다고 들었습 니다. 정말로 감사합니다."

알리시아야 특별히 자신이 나서 무엇을 한 기억이 전혀 없었지만 사태가 좋은 방향으로 흐르는 건 맞았다.

다른 고용인도 똑같은 의견이었는지 어느새 알리시아는 저택에서 안주인으로 매우 평범한 대접을 받았다.

"대체 얼마나 오만한 아가씨일까, 그렇게 생각했었답니다"라며 고용인이 지금까지의 무례를 사죄하면서 말을 걸어오는 경우가 늘었다.

대신 노라에게는 오히려 사태가 악화되었다.

심지어 알리시아가 오늘은 온종일 노라를 한 번도 보지 못했을 정도였다.

"노라. 어디 갔을까. 오늘도 카슈반 님이 안 돌아오실 텐데."

알리시아도 아무 불편함이 없는 생활을 즐기면서 온건하게 시간을 보내면 물론 즐거웠다.

그러나 여전히 집 밖에는 나가지 못했기에 저택 안에 유일하게 남겨진 미지의 장소가 자꾸 신경이 쓰였다.

마침 황폐한 화원이 내려다보이는 2층 복도까지 걸어온 알리시아는 미련을 떨쳐버리려고 오른쪽으로 꺾었다.

이전에는 창에 얼굴을 잔뜩 갖다 붙이고는 내부를 들여다보려고 했다가 노라가 아닌 다른 하녀가 놀라서 알리시아를 제지했다.

기껏 주인님의 비위를 맞췄는데 다시 그분이 기분 상할만한 행동을 하지 말라는 이야기였다.

고용인들은 이제는 알리시아를 매우 정중히 대우했지만 장미원에 관해서만큼은 입이 매우 무거웠다.

하지만 신경이 쓰여서 몇 번이나 살펴보던 사이 알리시아는 한 가지 사실을 알아차렸다.

출입이 금지된 황폐한 화원에는 사람이 드나드는 기색이 있었다.

출입하는 그림자를 직접 보진 못했지만 건물 안을 덮는 울창한 장미가 입구를 드나들 수 있도록 깨끗하게 잘린 상태였다.

또 너무 멀어서 확실하지 않았지만 기묘하게도 입구 계단에도 발자국이 찍혀 있는 것 같았다.

이러한 사실이 알리시아의 호기심을 한층 더 자극하고야 말았다.

"그래도 역시 친구란 좋은 거네."

사신 공주라고 불리기 전부터 알리시아는 원래 친구가 없었다.

몰락 귀족 주제에 허세를 부리는 페이트린가 아가씨라고 줄곧 멸시받았다.

가끔 비슷한 또래 소녀와 이야기할 기회도 생겼지만 알리시아의 취미가 일반 사람과는 너무 달라서 다들 도망가곤 했다.

알리시아가 가진 취미를 부모님이나 헤이스덤은 알았지만 입을 모아 기분 나쁜 취미는 그만 버리라고 말할 뿐이었다.

때문에 알리시아가 하고 싶어 하는 마음을 어느 정도나마 이해해 주는 노라는 매우 귀중한 존재였다.

"연애 얘기도 싫지는 않지만…… 연애 소설에서는 왜 다들 시원시원하게 돈을 쓸까. 주먹만 한 보석 같은 건 무거워서 몸에 찰 수도 없고 너무 커서 돈으로 바꾸기도 어려운데…… 어머나."

몇 개인가 읽어봤던 연애 소설에 대한 빈약한 기억을 더듬던 알리시아는 문득 시선을 떨어뜨렸다.

자신이 만든 지도를 손에 들고 보면서 저택을 어슬렁거리는 사이에 카슈반 방 근처까지 와버렸다.

그곳에서 한 가지 사실을 알아차렸다.

"내가 잘못 써넣었나? 아닌데. 하지만…… 이 방. 분명히 기둥이 안쪽 벽에 있었고…… 하지만 바깥쪽 벽은 계속 이어지고……."

지금 알리시아가 선 장소에는 창고로 쓰는 방이 있었다.

잡다한 잡동사니가 안쪽에까지 꽉꽉 채워 들어가 볼 수는 없었지만 방 가장 안쪽 벽 너머에 아직 공간이 있는 것 같았다.

"하지만 문도 없고 여기엔 창문도 없어서…… 어머?"

검은 벽을 가볍게 매만지면서 앞으로 나아가던 알리시아는 어느새 창고 방과 옆방 사이 빈틈에 들어섰다.

이전에 지도를 그렸을 때부터 구조가 무척 묘하다고 생각했었다.

그때 알리시아는 한층 더 기묘한 돌출 부위를 손가락으로 포착했다.

눈을 가까이 대고 자세히 보니 검은 벽에 붉은 문장 하나가 툭 튀어나와 있었다.

도식화된 장미 문장은 딱 알리시아의 허리 위치에 달렸는데 눈에 잘 띄지 않았다.

"뭘까, 이거…… 어, 어, 어?"

알리시아가 낯선 문장을 더듬자 갑자기 무슨 영문인지 손가락 끝이 슥하고 가라앉았다.

장미 문장이 벽에 파묻혔다고 느낀 순간 어디선가 달각하는 소리가 들렸다.

"어머, 어머나."

칠흑색의 벽에 장미 문장을 중심으로 해서 장방형으로 홈이 패었다.

그리고 그대로 빙글 돌았다.

알리시아는 회전하는 벽에 휩쓸리듯이 안쪽으로 발을 들여놓았다.

"어머나……."

순식간에 지도에서 공백이었던 공간에 발을 들여놓았다.

조금 비틀거리는 알리시아의 눈앞에 은색의 뭔가가 스치듯이 지나갔다.

기억 한 부분을 매우 강하게 자극하는 색에 이어 알리시아의 눈에 감춰진 방의 장식과 방 안쪽에 걸려 있는 두 장의 그림이 들어왔다.

잘 닦인 검은 바닥. 창문이 없는 검은 벽.

젖은 듯 광택이 도는 목조로 만들어진 책상.

안쪽에는 무거워 보이는 팔걸이의자가 놓여 있었다.

암흑 자체인 칠흑의 공간 여기저기에 날개를 가진 기분 나쁜 상이 몸을 웅크린 채였다.

천장에 달린 호화로운 샹들리에가 흩뿌리는 빛조차도 넓디넓은 실내의 짙은 어둠을 오히려 증강했다.

요전 날 처음 보았던 카슈반의 방보다도 이쪽이 라이센 저택의 주인에게 잘 어울렸다.

안쪽 벽에는 한층 더 불길한 공기를 내뿜는 두 장의 그림이 걸려

있었다.

한 장은 남성을 그린 초상화였다.

그림의 주인공은 검은 머리카락에 검은 눈동자를 가졌고 상당히 미남이었다.

그린 화가가 기술이 너무 뛰어났던 탓이리라. 남자가 가진 병적인 면모가, 특히 야윈 뺨과 눈동자에서 뿜어지는 날카로운 안광을 잘 표현해서 보는 사람이 흠칫 놀랄 정도였다.

덧붙여 알리시아는 그려진 남자의 얼굴을 전에 본 기억이 있었다.

"카슈반 님?"

"우와. 이 상황에서 날 무시하네? 오옷. 위험해."

저도 모르게 몸을 앞으로 내미는 알리시아의 코끝을 달콤한 냄새가 간질였다.

알리시아가 소리가 난 쪽을 향하자 바로 옆에 은발을 가진 낯선 소년이 서 있었다.

알리시아와 비슷한 또래로 보였고 다소 몸집이 작고 체구가 호리호리한 소년이었다.

하지만 몸의 선을 그대로 드러내 보이는 검은색의 소매가 없는 상의와 바지에 둘러싸인 육체는 빈약한 인상이라고는 조금도 느낄 수 없었다.

나긋나긋한 근육으로 이루어진 팔 끝에는 길고 가느다란 은색 물건을 쥐었다.

재봉에나 쓸 바늘을, 형태는 그대로 두고 한가운데를 손으로 쥘 수 있을 크기로 만든 물건이었다.

소년은 알리시아가 숨겨진 방에 들어온 순간부터 손에 든 침을 알리시아의 목에 갖다 댔었다.

하지만 알리시아는 그림에 정신을 빼앗겨 지금까지 소년의 존재를 알아차리지 못했었다.

"어머나. 당신은 누구죠?"

처음 만나니 당연하다면 매우 당연했지만 장소를 따진다면 몹시 안 어울리는 질문에 소년은 눈꼬리가 살짝 올라간 커다란 녹색 눈동자를 껌벅거렸다.

이내 재밌어서 웃는가 싶었는데 손에서 바늘이 온데간데없이 사라졌다.

"나는 루아크라고 해. 그래 너. 사신 공주 알리시아지?"

알리시아는 루아크를 몰랐지만 루아크는 알리시아를 아는 것 같았다.

그런데 갑자기 알리시아가 자신의 가슴팍에 얼굴을 가까이 갖다 대자 루아크는 화들짝 놀라서 소리를 질렀다.

"뭐야. 왜?"

"역시. 이거 비료불요초 냄새죠?"

알리시아의 코끝을 간질였던 달콤한 향기.

트레이스와 처음 만났을 때 먹으려다가 크게 혼났었다.

맹독을 가진 식물이 내뿜는 묘하게 식욕을 자극하는 냄새가 루아크 주변에 희미하게 떠돌았다.

"우와. 대단한걸. 완전 개 코잖아. 이야. 너. 진짜 별난 아가씨구나."

무척 기쁘게 웃은 루아크의 손에 바늘이 다시 출현했다.

머리 위에서 흘러내리는 샹들리에 빛에 눈부시게 반짝이는 바늘을 루아크는 살랑살랑 흔들면서 말했다.

"여기에는 비료불요초 잎을 바짝 졸여서 정제한 독을 발랐어. 비료불요초는 여기저기 꽤 많이 피고 무심코 먹었다 죽는 사람이 꽤 많거든. 사람 눈을 속이기에는 꽤 편하다고."

"어머나 그렇군요. 그런데 루아크. 이런 데서 뭘 하고 있었죠?"

원래대로라면 한참 전에 나왔어야 할 질문에 루아크는 생긋 웃으면서 대답했다.

"나는 말이지. 네 남편을 죽여 달라는 부탁을 받은 암살자야. 첫 번째 남편을 죽인 것도 나야."

천연덕스러운 대답에 이번에는 알리시아가 눈을 껌벅거렸다.

그 모습에 루아크는 재미있어하며 웃었다.

"이야—. 그런데 여기저기 어슬렁거리며 다니는지야 알았지만 설마 네 쪽에서 먼저 여기 들어온다고는 생각도 못 했어. 감이 좋은 라이센 공작조차도 이 방은 모르던데."

그 말을 듣고 알리시아는 조금 전 봤던 그림을 떠올리고는 돌아보았다.

"아아. 라이센 공작을 그리진 않았을 거야. 때때로 이런 얼굴이 되기야 하지만 얼굴에 떠도는 위험함이 종류가 달라."

"듣고 보니 그러네요."

느긋하게 대화를 나누고 다시 루아크 쪽을 돌아본 알리시아의 눈동자에 은색의 바늘이 딱 포착되었다.

과거 브라이언이 살해되었을 때 신부의 베일을 말아 올리며 곁을 스치고 지나간 검은 그림자가 기억 속에 남긴 색과도 같았다.

달콤한 맹독을 휘감은 바늘을 안경 너머로 눈을 찌를 듯 말 듯 아슬아슬한 거리에서 거머쥔 루아크는 낮은 목소리로 물었다.

"도망치지 않네. 안 무서워? 아니면 너무 무서워서 못 움직이나?"

너무 가까워서 초점이 흐릿해 보이는 위치에 있는 침을 바라보며 알리시아는 말했다.

"안 무섭지는 않은데…… 루아크가 얼마나 솜씨가 좋은지 잘 아니까요. 도망쳐도 소용없다고 생각해요."

아무리 발버둥 쳐도 어쩔 수 없는 일은 거스르지 않는다.

알리시아가 한결같이 가지는 인생 철학이었다.

명문가에 태어났으면서도 사신 공주라는 별명이 붙어버린 점도 그랬다.

주어진 상황에서 할 수 있는 만큼 만족할 만한 결과를 낼만큼만 움직인다.

만약 무리라고 생각하면 포기한다.

"아하하. 칭찬해줘서 고마워. 후— 응. 헤에. 역시 별난 아가씨라니까. 너는."

즐거워서 웃지만 한편으로 루아크가 손에 쥔 바늘은 미동도 하지 않았다.

붙임성 좋은 웃는 얼굴은 순수해 보였지만 사람을 죽일 때 사용하는 암기를 손에 들었다 생각하면 오히려 무서웠다.

"흐름에 거스르지 않는 점은 나랑 많이 닮았네. 나도 기본적으론

무계획이랄까. 좀 재밌으면 깊은 생각 없이 일을 받아버리거든. 덕분에 자주 의뢰인이 제거하고 싶어 하지만. 뭐 그것도 이 일에 따라붙는 매력 아니겠어."

또다시 어딘가에 바늘을 숨긴 루아크는 고양이처럼 눈을 가늘게 뜨고 알리시아를 바라보면서 중얼거렸다.

"그래도 말이야. 화 안 내? 아까도 말했지만 네 전남편을 죽였다고."

알리시아는 잠시 생각에 잠겼다.

하지만 가슴속을 뒤져봐도 소년을 향한 분노가 특별히 끓어오르지는 않았다.

"저는 정말 나쁜 여자예요. 서방님의 원수에게 화를 내고 싶은 마음이 전혀 들지 않다니. 그래도 화가 나지 않네요…… 바스틀 님과 거의 말다운 말을 나눈 적이 없어서일까요. 그분은 결혼식 도중에 살해됐고 왠지 실감이 나지 않아서."

지나칠 정도로 솔직한 대답이 루아크는 마음에 들었나 보다. 또다시 즐겁게 웃기 시작했다.

"아하하. 솔직하네. 보통 귀족 아가씨라면 거짓으로라도 우는 흉내 정도는 냈을 텐데. 하지만 나쁜 여자라는 말은 어울리지 않는걸."

알리시아 못지않게 부끄러움이나 조심성도 없는 말을 내뱉은 루아크는 문득 진지한 표정을 지었다.

"하지만 널 또 과부로 만들자니 불쌍한걸. 구제 불능 폭군을 죽여달래서 가끔은 좋은 일도 해보자는 생각에 수락했는데. 전남편 일을 그렇게 느꼈다면 지금 남편이 죽어도 태연하겠네. 너는."

"저기 그 일 말인데요."

방금 루아크는 아무리 알리시아라도 흘려버릴 수 없는 말을 했다.

그렇다 해도 특별히 힘을 싣지도 않고 알리시아는 지금까지와 별로 다르지 않은 어조로 물었다.

"루아크. 이번에는 카슈반 님의 목숨을 노리시나요?"

"응. 귀여운 도련님 부탁으로."

루아크는 의미심장하게 시선을 밖으로 돌렸다.

창이 없는 방 안이었지만 시선의 연장선에 있을 존재를 알아차리고 알리시아는 놀란 목소리를 냈다.

"설마, 레이덴 백작님?"

"응. 되게 귀엽다고 도련님. 유란 님이었던가. 사교님이 돌봐주는 이유를 알겠어. 뭔가 엄청 대단해 보이려고 죽을 만큼 노력하는데 항상 헛수고한다는 점이 제일 죽인다니까."

히죽거리면서 말한 루아크는 문득 생각하는 표정을 지었다.

"그러게. 예정이 좀 헝클어져서 여기 지나치게 오래 있었나. 너도 그렇지만 공작님도 꽤 재미있어서 조금만 더 이대로 있어도 좋겠다고 생각했는데……. 별수 없나."

루아크는 문득 시선을 돌렸다.

시선 끝에는 카슈반과 똑 닮은 남자 초상화와 또 한 장 다른 그림이 있었다.

아마도 여자를 그린 초상화이리라.

아마도라고 추측하는 이유는 붉은 드레스와 위로 틀어 올린 벌꿀색 머리카락 외 다른 부분. 얼굴과 배경에 장미로 추측되는 꽃이 그려진 부분이 갈기갈기 찢어졌기 때문이었다.

"너도 저렇게 될지도 몰라. 전남편인 브라이언 도련님도 참 구제 불능이었는데. 너도 진짜 남자 운이 없네."

창이 없는 방 안에서 공기가 움직였다.

들리는 루아크의 목소리가 멀었다.

놀란 알리시아가 다시 소리가 난 쪽을 돌아보니 한 줄기 은색 머리카락이 반쯤 열린 회전문 저편으로 사라지는 중이었다.

익살을 떨듯 손을 살랑살랑 흔들면서 암살자는 발소리도 내지 않고 사라지려 했다.

"뭣하면 내가 책임을 지고 세 번째 남편이 돼줄게. 그럼 알리시아! 내가 살아 있는 사람과 몇 번이나 만나는 일은 무척 드물거든. 만나서 기뻤어! 괜찮다면 또 만나자고!"

"잠깐. 루아크!"

알리시아는 당황해서 루아크의 뒤를 쫓아 회전하는 벽 건너편으로 돌아왔지만 때는 늦었다.

암살자 소년은 어디에도 없고 아무도 없는 복도만이 펼쳐졌을 뿐이었다.

한 줄기 바람으로 만났던 소년은 다시 한 줄기 바람으로 눈 깜짝할 사이에 눈앞에서 빠져나갔다.

"가버렸어……."

당혹스러움에 중얼거린 알리시아는 등 뒤에서 벽이 자동으로 닫히는 소리를 들으면서 일단 해야 할 일을 입에 올렸다.

"막아야 해."

시간상으로는 정말로 짧았던 재회에는 아직 모르는 점이 잔뜩 있었다. 하지만 그중 루아크가 브라이언에게 했듯이 카슈반도 암살하려고 노린다는 점이 가장 중요했다.

"우선 카슈반 님께 말해야 해……."

입 밖으로 소리 내어 말해보고 알리시아는 눈썹을 찡그렸다.

"……안 계시지."

카슈반은 오늘도 트레이스를 데리고 외출했다.

부자인데 성실하시기도 하셔라. 생각할수록 멋진 서방님이야.

알리시아가 한순간 느긋한 생각을 할 때였다.

"마님. 그런 곳에 끼어서 무얼 하시죠?"

가시 돋친 목소리의 주인은 노라였다.

험악한 얼굴을 한 노라는 팔짱을 낀 채 바로 옆에 서 있었다.

"호기심이 왕성하신 건 좋습니다만 너무 묘한 놀이는 삼가세요. 제가 주인님께 혼난답니다."

"아앗. 미안해요. 노라."

숨겨진 방으로 통하는 출입구인 좁은 틈새에서 빠져나온 알리시아를 노라는 불쾌한 시선으로 쏘아보았다.

루아크는 노라에게 모습을 보이지 않고 떠났으리라.

그래서 노라는 알리시아가 또 묘한 일이라도 벌인다고 받아들인 모양이었다.

"트레이스를 데려와서 많은 점수를 버셨네요. 하지만."

"그래. 맞다. 노라. 카슈반 님은 오늘도 돌아오지 않으실까?"

노라에게는 미안하지만 알리시아는 지금 발등에 불이 떨어진 상태였다.

그러나 제 이야기를 가로막고 카슈반을 찾는 태도는 노라의 점점 더 언짢아지는 기분에 기름을 붓고 말았다.

"모릅니다! 제가 왜……."

"그렇지만 노라. 카슈반 님 애인이니까 알고 있잖아요?"

순간 노라는 사신도 이 정도는 아닐 거라는 눈초리로 알리시아를 보았다.

하지만 문득 생각이 미친 모양이었다.

노라는 즉석에서 바로 애교 넘치는 미소를 짓더니 갑자기 말을 꺼냈다.

"마님. 카슈반 님은 아마 오늘은 돌아오시지 않으실 겁니다. 돌아오셔도 분명히 피곤하실 테니 혼자 있게 해드리세요."

"하지만."

알리시아는 카슈반에게 한시라도 빨리 루아크의 일을 전해야 한다고 생각했다.

하지만 노라는 당황하는 알리시아에게 입을 열 기회를 주지 않고 속사포처럼 말을 쏟아냈다.

"그러니까 마님. 좋은 기회랍니다."

"기회?"

"장미원에 가는 기회요. 마님은 그곳에 나오는 유령을 보고 싶어 하셨잖아요?"

알리시아는 퍼뜩 생각했다.

출입이 금지된 황폐한 화원에 누군가가 드나든다.

만일 그 존재가 유령이라면 이야기책에 나오는 식으로 벽도 문도 자유자재로 통과해버릴 터.

하지만 사신이라고 불리는 존재라면. 진짜로 사신이 아니라 별명이 그렇게 불리는 존재라면 이야기는 달라진다.

바람처럼 이동해도 살아 있는 인간이었다. 그것만은 틀림없으리라.

숨겨진 방을 빠져나간 루아크는 어디로 갔을까.

어딘가에 몸을 숨겼다면 아무도 가까이하지 않는 저 황폐한 화원에 있으리라는 생각도 든다.

발소리도 남기지 않고 사라진 사신을 생각해보면 카슈반을 만나도 지금 시점에는 경계하시라는 정도밖에는 할 말이 없다.

역시 다시 한번 본인을 만나 남편을 노리는 일은 그만두라고 먼저 부탁해야 좋겠지.

"루아크가 있을까."

"누구시라고요?"

약간 틈을 두고 알리시아는 고개를 저었다.

"……아니. 아무것도 아니에요."

뜻밖에 성격이 쾌활하고 붙임성이 좋았지만 루아크는 알리시아를 과부로 만들려고 온 사신이다.

하물며 알리시아는 루아크를 저지할 생각이니 분노를 살 가능성도 매우 크다.

노라는 카슈반의 애인.

노라에게 무슨 일이 생긴다면 카슈반은 분명 매우 슬퍼하겠지.

"그렇다면 마님. 방으로 돌아가시죠. 제가 좋은 타이밍을 봐서 마님을 부르겠습니다."

"응. 고마워요. 노라."

생긋 웃은 알리시아를 배웅한 노라는 붉은 입술을 한일자로 다물고 성큼성큼 자리를 떠났다.

저 멀리서 비추는 석양과 램프의 빛에 둔하게 빛나는 검은 문에는 덩굴장미의 잔재라 추측할만한 말라붙은 덩굴이 무수하게 달라붙어 있었다.

하지만 양쪽으로 여닫는 문 개폐부는 덩굴이 뜯어졌고 문 앞 돌계단에도 새 발자국이 남아 있었다.

"역시 누군가가 여기 드나들었어."

이런 상황임에도 알리시아는 가슴이 빠르게 두근거렸다.

가슴을 억누르며 램프를 한 손에 든 알리시아는 크게 한번 숨을 들이쉬었다.

주위에 아무도 없는지 다시금 확인하고 줄곧 들어가 보기를 고대했던 황폐한 화원으로 이어지는 문을 열었다.

노라가 말한 대로 방에서 기다리다 문득 정신을 차리니 창밖에 어둠이 깔리기 시작했다.

더불어 이러저러하는 사이에 저택 바깥에서부터 나던 말이 우는 소리가 점점 가까워졌다.

카슈반이 돌아왔을까.

순간 알리시아는 불안해졌지만 얼마 지나지 않아 노라가 데리러 왔다.

알리시아는 일단 괜찮냐고 물었다.

하지만 하녀는 눈도 마주치지 않았고 또 괜찮다고 맞장구를 치지도 않았다.

묘하게 태도가 차가운 노라는 황폐한 화원 바로 앞까지만 안내해 줬다.

그럼 저는 이만이라고 말하며 모습을 감춘 노라와 헤어진 알리시아는 혼자서 황폐한 장미 정원 안으로 들어갔다.

문을 열고 들어가자 얼마 동안은 바깥과 마찬가지로 바닥에 돌계단이 깔려 있었지만 그 뒤로는 땅이 그대로 드러났다.

작은 울타리로 나누어진 내부는 원래는 저택을 대표하는 중앙정원이라고 해도 좋을 정도로 넓었고 울타리를 따라 말라붙은 장미 나무가 질서 정연하게 늘어섰다.

황폐한 화원이라는 이름대로 꽃은커녕 마른 잎이 남은 나무조차 많지 않았다.

버석버석하게 말라 가느다란 줄기를 무참하게 드러낸 모습은 관련 지식이 없는 사람은 대체 무슨 나무인지도 알 수도 없을 것 같았다.

저물어가는 햇빛이 유리로 된 천장을 통해 들어와도 저녁때 비추는 약한 빛은 저택 주변 새카만 숲에 차단되어 한층 약해져 있었다.

또 손에 든 램프가 밝게 비추는 범위도 한정되어서일까.

내부 풍경은 한층 더 으스스하게 보였다.

"어머나, 정말로 전부 덩굴장미 나무네……. 땅은 별로 나빠 보이지 않지만 토질도 이렇고 햇빛도 이 정도만 비쳐서야 리고를 심기도 힘들겠네. 장미도 풍부한 영양과 일광이 필요할 텐데."

본가의 쨍쨍한 태양 빛이 잔뜩 내리쬐는 밭과 비교하면서 알리시아는 한층 더 안으로 나아갔다.

내버려 둔지 오래된 화원에는 물도 뿌리지 않은 듯 걸을 때마다 마른 먼지가 어둠 속으로 날아올랐다.

"루아크. 있어요?"

그렇게 부르면서 알리시아는 사람의 기척이 전혀 없는 폐허가 된 화원 안을 돌아보았다.

산 사람 기척은 전혀 느껴지지 않았다.

그럴 때가 아닌지는 잘 알았지만 알리시아는 이곳에 나온다는 유령에게 관심이 갔다.

하지만 카슈반을 유령으로 만들 수 없는 노릇이기에 알리시아는 목적을 루아크를 찾는 데 한정하기로 했다.

"저기 루아크. 루아크도 한번 받아들인 일이니까 어쩔 수 없을 거예요. 소용없다고 생각하지만 그래도 카슈반 님을 죽이는 일은 그만두지 않을래요?"

어둠 속에서는 역시 제 목소리만 울렸다.

루아크의 모습은 보이지 않았고 다른 소리도 들리지 않았다.

알리시아가 루아크를 찾다가 결국 가장 안쪽에 벽이 있는 곳까지 들어왔을 때였다.

하얀 물건이 시야에 들어와 알리시아는 한순간 루아크의 은발과 무기인 바늘이 머릿속에 떠올렸다.

"뭐야. 돌이었잖아."

처음 봤을 때는 심장이 철렁 내려앉을 듯이 놀랐고 그다음은 바로 심장이 두근거렸다.

새하얀 돌 무리였다. 장미원을 만들 때 필요 없는 돌을 끄트머리에 한꺼번에 몰아두었을지도 몰랐다.

허나 그런 것치고는 크기나 색조가 묘하게 균일했다.

왠지 신경이 쓰여서 알리시아는 몸을 숙여 돌 하나에 램프를 비추어 보았다.

돌은 이끼까지 껴서 상당히 더러웠지만 표면에 새겨진 문자를 그럭저럭 읽을 수 있었다.

레베카 액라즘.

아는 이름은 아니었다.

하지만 아마도 귀족이리라 추측할만한 여자 이름이었다.

가슴이 불길하게 흔들렸다.

알리시아는 저도 모르게 옆에 놓인 돌 표면도 살펴보았다. 역시 여자 이름을 발견했다.

미젤 제프버트.

"이거…… 혹시……."

모조 미술품의 연상시키는 똑같이 생긴 돌 무리.

돌 하나하나에 새겨진 여자 이름.

어떤 단어가 공포를 동반하고 스멀스멀 알리시아 가슴에 퍼져나 갔다.

"묘…… 일까?"

알리시아는 또 하나의 돌 표면을 살펴보았다.

오래되어 이끼가 낀 하얀 표면을 거의 알아볼 수 없었다.

하지만 눈짐작으로 이름이 있을 만한 곳을 손가락으로 문지르자 손끝이 돌에 새긴 문자를 찾아냈다.

지나 하르바스트.

"하르바스트?"

램프 빛에 떠오른 이름을 어떤 의미로는 매우 잘 알았다.

알리시아는 너무 놀라서 큰 소리를 내고 말았다.

"하르바스트라니. 혹시 여기가 하르바스트의 장미 저택?"

알리시아가 지른 큰 소리와 겹치듯이 난폭하게 문이 열렸다.

퍼뜩 놀라서 뒤돌아본 알리시아의 눈에 다른 사람이 든 램프에 비친 칠흑의 남자가 보였다.

한순간, 알리시아는 아까 본 초상화 속 남자가 빠져나왔나 생각 했다.

하지만 아니었다. 차가운 분노에 두 눈을 빛내며 다가온 사람은 남편인 카슈반 라이센이었다.

"정말로 내 지시를 지키는 않는 여자로군."

문을 걷어차고 황폐한 화원에 들어온 카슈반이 그렇게 내뱉고는 알리시아를 노려보았다.

병적인 느낌마저 드는 그림 속 남자와 똑 닮은 모습으로 카슈반은 무시무시한 박력을 발산했다.

저도 모르게 몸이 떨린 알리시아는 처음으로 자신의 두 번째 남편이 진심으로 무섭다고 생각했다.

"—죄송해요!"

자리에서 일어서 반사적으로 머리를 숙여 사과하는 아내를 남편은 차가운 눈으로 바라보았다.

인간을 보는 표정이 아니라 마치 길거리에 굴러다니는 돌을 바라보는 듯한 차갑고 메마른 시선이었다.

마음 깊숙한 곳까지 닿은 격렬한 분노에서 기인한 시선임을 알리시아도 잘 알았다.

저택 밖으로 나오지 마라. 트레이스에 관해 묻지 마라.

알리시아는 지금까지 실컷 남편의 지시를 어겼지만 오늘만큼은 정말로 무서웠다.

일반 사람들보다도 훨씬 둔하다고 평판이 났다. 눈앞에서 대관이 살해됐을 때조차 그저 멍하니 서 있었는데 그 다리마저도 멋대로 와들와들 떨렸다.

아즈베르그의 폭군이라고 불리는 남자의 분노를 한 몸에 받으리라는 공포에 알리시아는 정신없이 외쳤다.

"죄송합니다. 카슈반 님. 저……!"

"내 얼굴을 보자마자 사과하는 건 들어가지 말라는 지시를 기억하지만 어겼기 때문이겠지. 훌륭해."

사과해도 용서해줄 분위기가 아니었다.

카슈반은 성큼성큼 장미원 안으로 들어와 갑자기 알리시아의 손목을 꽉 잡았다.

가차 없는 힘에 알리시아는 저도 모르게 아얏하고 소리를 질렀지만 카슈반은 소녀를 끌고 걸어갔다

"죄송합니다. 죄송해요……!"

필사적으로 몇 번이나 사과하는 알리시아에게 카슈반은 침묵으로 대응했다.

마치 도둑고양이라도 잡아서 내보내듯이 황폐한 화원 밖으로 끌고 나가더니 카슈반은 바로 다시 화원 안으로 발길을 돌렸다.

요란한 소리를 내며 닫힌 충격으로 문에 붙은 마른 덩굴장미가 푸스스 벗겨지는 소리가 유달리 크게 들렸다.

멍하니 자리에 있던 알리시아는 눈앞에서 닫힌 황폐한 화원 문을 바라보며 중얼거렸다.

"……죄송해요."

어느새 해가 완전히 저물었다.

어둠 속에서 퍼진 약하디약한 사죄에 대답은 돌아오지 않았다.

말을 하지 않았기 때문에 카슈반의 마음이 태도와 행동으로 더 강하게 전해졌다.

—네 얼굴 따윈 두 번 다시 보고 싶지 않아.

"죄송해요. 카슈반 님."

잡힌 손목이 아직 저렸다.

묘석을 만져 더러워진 손가락을 꽉 쥐고 알리시아는 타박타박 저택을 향해 걸었다.

카슈반이 왜 그렇게까지 화가 났는지 알 수 없었다. 애초에 왜 거기 카슈반이 왔는지도 몰랐다.

왜 하르바스트라는 성이 새겨진 묘석이 있을까. 가장 알기 어려웠다.

하르바스트 장미 저택. 장미에 미친 하르바스트 당주가 여자를 몇 명이나 살해하고 덩굴 장미원에 비료로 묻었다는 이야기 제목이었다.

처음 왔을 때부터 왠지 그 이야기가 떠오른다고 생각했었는데 설마 이 저택이 하르바스트 장미 저택일까.

"……하지만 여기는 라이센 저택이잖아?"

실제 이름이 알려지면 곤란해서 이야기로 쓸 때만 이름을 바꿨을지도 모른다.

하지만 라이센 가문 저택이니까 묘비를 세웠다면 라이센이라는 성이 새겨진 묘비가 있었어야 하리라. 어떻게 생각해도 이상하다.

어쨌든 카슈반은 격노해서 알리시아의 팔을 으스러뜨리기라도 하듯 잡아 밖으로 끌어냈다. 그것만으로도 알리시아에게는 큰 충격이었다.

"……나는 바보야. 이래서야 카슈반 님이 살아 계셔도 인연이 끊어지겠어."

완전히 해가 져버린 하늘을 올려다보며 알리시아는 풀이 죽어 일단 저택 안으로 돌아가려 했다.

하지만 직전에 마음을 바꾸었다.

"……안 돼. 루아크가 없다면 레이덴 백작님께 직접 부탁해야겠어."

이 상태로는 카슈반이 자신의 말을 들어주지 않으리라.

이렇게 된 이상 루아크가 머무는 장소를 아는 의뢰인에게 직접 말을 하는 수밖에 없었다.

알리시아는 바로 저택 밖으로 나가려 했다. 하지만 당연하게도 문지기들이 제지했다.

높은 곳에서 불타는 횃불 아래에서 바깥으로 나가는 문을 열려는 안주인을 문지기들은 필사적으로 달랬다.

"마님, 안 됩니다. 마님을 밖으로 내보내지 말라는 명을 받았습니다."

"알아요. 하지만 어떻게든 밖으로 나가고 싶어요. 그렇지 않으면 음, 그러니까 카슈반 님이 위험해요."

"마님을 밖으로 내보내면 저희가 그분께 위험한 꼴을 당합니다. 마님. 저희가 주인님께 죽을지도 모릅니다. 트레이스가 돌아와서 주인님도 조금 부드러워지시기는 했지만…… 아, 노라. 어떻게든 해줘."

서로 옥신각신하는 사이에 가까이 다가온 마님 전속 하녀를 본 문지기가 살았다는 표정을 지었다.

알리시아도 환하게 밝은 표정을 지으며 부탁했다.

"저기, 노라. 나 레이덴 백작님께 가고 싶어요."

입을 열기가 무섭게 가장 먼저 튀어나온 대사에 살피는 눈초리를 하던 노라는 상당히 놀랐다.

어쨌든 이리로 오세요라고 말하면서 일단 문지기들에게 알리시아를 떼어낸 하녀는 일단 본채에 붙은 문 옆까지 돌아오자 흥분을 감추지 못하는 어조로 물었다.

"어머나아. 드디어 그쪽으로 갈아탈 생각이신가요?! 어지간히 주인님을 화나게 하셨나 보네요!"

그러냐고 뒷부분에만 고개를 끄덕이던 알라시아는 문득 기묘한 표정을 지었다.

"어머? 노라. 내가 카슈반 님을 화나게 했는지 어떻게 알죠?"

정곡을 찌르는 지적에 노라는 앗하고 놀라 엉뚱한 곳으로 시선을 돌리며 신음하는 소리를 냈다.

"그, 그건…… 그게 저기, 마님께 사과를 드리고자 찾았답니다. 주인님을 붙잡지 못해 분명히 괴로운 일을……."

"으으응. 괜찮아요. 노라. 그보다도 부탁해요. 레이덴 백작님께 보내줘요."

원래 알리시아는 지난 일은 돌아보지 않는다는 방침을 가졌다.

사태를 해결할 수 있는 희망이 아직 남았기에 알리시아는 횡설수설 변명을 늘어놓는 하녀를 가로막고 이야기를 계속했다.

"그리고요. 노라. 만약 내가 못 돌아오면 카슈반 님께 말을 전해줘요. 레이덴 백작님이 카슈반 님 목숨을 노려요. 저택에 암살자가 있어요. 조심하시라고 전해줘요."

"……예…… 예. 예에?"

노라는 입을 크게 벌리고 얼빠진 소리를 냈다.

그러나 알리시아는 원래부터 사람들의 반응을 포착하는데 둔한 데다가 지금은 시간도 없었다.

"아내로서 이제부터 레이덴 백작님에게 그런 짓은 하지 말아 달라고 이야기를 하고 올 거예요. 카슈반 님을 잘 부탁해요. 노라 말이라면 분명히 들어주실 테니까."

진심으로 자신을 완전히 믿는 표정과 어조에 노라는 잠시 침묵했다.

"……믿을 수 없어. 너는 정말 진짜 사신 공주야……?"

생각지도 못한 말에 노라는 높임말을 잊어버리고 중얼거린 후 잠시 망설이며 입을 다물었다.

하지만 알리시아가 초조한 목소리로 다시 한번 이름을 부르자 노라는 담담한 목소리로 말했다.

"……고용인이 사용하는 문이 있습니다. 그쪽으로 내보내 드릴 수 있겠죠. 이리로 오십시오."

"고마워요. 노라!"

티르나드 일행이 라이센 저택 옆에 멋대로 세운 황토색 천막은 전부 세 개였다.

그중 하나에는 주인이 머물고 나머지 두 개는 데려온 병사들이나 고용인들이 머물고 있으리라.

상당수 피워놓은 화톳불과 함께 천막을 지키듯이 트레이스도 사용했던 비료불요초 산울타리가 둘러쳐져 있었다.

이 주변에서는 동물을 막는 용도로 일반적으로 사용하는 듯했다. 식욕을 돋우는 달콤한 냄새가 어둠 속에 떠돌았다.

"이런 곳에서 지내는 것도 재밌겠다."

일행을 한 사람도 거느리지 않고 혼자 걸어온 알리시아는 당연하게도 이번에는 티르나드 쪽에서 망을 보는 사람에게 제지되었다.

이들은 사신 공주를 모르는지 알리시아가 이름을 대도 의아해하는 모습을 보였다.

하지만 무슨 일인가 싶어서 고개를 내민 유란이 바로 알리시아를 알아차렸다.

"아아, 도련님을 찾아오셨습니까! 대단합니다. 역시 은혜를 베풀고 볼 일…… 에구구."

유란은 여느 때처럼 말실수했지만 어쨌든 알리시아를 천막 안으로 들여보내 주었다.

신기해서 주변을 두리번거리는 알리시아의 앞에 일부러 옷을 갈아입은 듯한 티르나드가 안에서 칸막이 천을 걷어내며 나타났다.

"찾아와 주셔서 기쁩니다. 알리시아 님. 드디어 마음을 정하셨군요!"

여차하면 손을 덥석 잡을 듯이 기뻐하는 티르나드에게 알리시아는 거두절미하고 이렇게 말했다.

"백작님. 카슈반 님을 암살하지 말아 주세요."

알리시아가 갑작스럽게 한 말에 티르나드의 눈이 점이 되었다.

유란 말고 다른 고용인들도 멍해진 가운데 알리시아는 매우 진지한 어조로 말을 계속했다.

"아까 전에 루아크와 만났답니다. 루아크는 백작님께 고용되었다고 말했어요. 카슈반 님께 난폭한 면이야 있지만 자신이 한 말을 잘 지키는 사람에게는 상냥한 분입니다. 죽이지 말아 주실 수 있을까요?"

루아크라는 이름을 듣자 티르나드는 낯빛이 갈수록 바뀌었다.

지금까지도 티르나드는 몇 번이나 화를 냈었지만 이번에야말로 입에서 불이라도 뿜을 기세였다.

"루아크 이 바보 자식이……!"

"부르셨남?"

가볍게 되돌아온 목소리에 자리에 있던 사람 중에서 티르나드가 가장 흠칫하는 얼굴을 했다.

언제 나타냈는지 자신 바로 뒤에 선 암살자를 본 티르나드는 자리에서 앞으로 넘어질 듯한 모습으로 신음했다.

"뭐, 뭐, 뭐냐, 너. 왜 여기에. 그보다 다 말, 말했냐. 이분께……!"

"하하하―. 미안. 알리시아가 신경이 쓰여서. 그런데 역시 인연이 있나 봐. 내가 숨은 곳에 불쑥 들어왔다고, 저 아가씨."

양손을 뒤통수에서 깍지 끼고 헤실헤실 웃는 얼굴을 보고 티르나드는 거품이라도 뿜어낼 기세로 호통쳤다.

"이이이이 쓸모없는 놈 같으니! 어디가 초일류 암살자야! 나를 그만큼 바보로 만들고도 결국 지금까지 라이센을 처리하지 못한 주제에!"

"이야―, 그게. 그 사람 감이 엄청 좋더라고. 게다가 항상 외출해서 해치울 기회도 적었어. 주문대로 확실하게 처리할 때까지 손을 대지 않는다. 그게 초일류인 증거잖아."

전혀 미안해하는 기색도 없이 루아크는 웃으면서 뻔뻔스럽게 말을 계속했다.

"게다가 도련님 명령은 하루에도 몇 번씩 왔다 갔다 하잖아. 전처럼 혼례식 때맞춰서 한 번에 보내버리기가 불가능하니까 여러모로 궤도 수정이 필요한지는 알아. 하지만 처음에는 사신 공주의 탓으로 돌린다더니 도중부터는 속고 있으니 불쌍한 사람이라면서 말을 바꿨잖아."

아무래도 티르나드는 브라이언에게 했듯 카슈반에게도 똑같이 죽음을 연출할 생각이었던 듯했다.

혼례식이 지나칠 만큼 일찍 간결하게 끝나자 그래서 필요 이상으로 당황했나 보다.

"에잇, 시끄러워 시끄러워 시끄러워!"

내막을 털어놓는 루아크에게 티르나드는 자신이 낼 수 있는 가장 큰 목소리로 절규했다.

그리고 티르나드는 갑자기 알리시아를 노려보더니 명령했다.

"이, 이래서야 별수 없지……! 루아크! 알리시아 님과 라이센을 지금 당장 처리해라!"

"하아?"

얼빠진 소리를 낸 사람은 루아크.

그리고 유란이었다.

유란은 암살자가 등장하자 얼어붙었지만 주인이 한 명령에 당황해서 말하기 시작했다.

"도련님. 좀 너무하시는데요……. 분명히 처음 계획에서는 공작님이 돌아가신 후 도련님은 알리시아 님과 결혼하신다고…… 에구구."

유란은 저도 모르게 다 떠들어 댄다는 식으로 주인을 말렸지만 티르나드는 날카로운 쇳소리로 말을 되받아쳤다.

"라이센은 말할 필요도 없이 공포 정치와 하극상의 풍조를 레이덴까지 넓게 퍼뜨릴 병원균이다! 이분을 건넨다면 녀석의 힘은 점점 강해질 거야. 그리고 사정이 알려진 이상 어쩔 수 없잖나!"

"아— 아아. 도련님은 궁지에 몰리면 약해지는구나."

질렸다는 투로 내뱉은 루아크의 모습이 갑자기 사라졌다.

알리시아에게는 그렇게 느껴졌다.

대신 알리시아의 목에 희미하게 달콤한 향기를 휘감은 독이 발린 은색의 바늘이 들이댔다.

"어쩔까, 알리시아. 아무래도 널 죽여야 할 것 같은데."

"음……. 가능한 한 그만두면 좋겠는데 무리 같네요."

목을 위협하며 미동도 하지 않는 바늘 끝을 바라본 알리시아는 시원스럽게 저항하기를 포기했다. 어느새 바로 등 뒤에 서는 암살자의 솜씨는 두말할 나위가 없었기에 도망칠 수 있으리라고는 생각할 수 없었다.

"그래도 말이죠. 카슈반 님은 죽이지 말아주세요. 평판은 나쁘지만 사실은 무척 좋은 분이에요. 게다가 카슈반 님께는 애인과 소중한 친구가 있답니다."

"……뭐어?"

루아크가 요상한 목소리로 되묻자 카슈반의 아내인 소녀가 매우 진지하게 말했다.

"애인은 노라. 친구는 트레이스라고 해요. 둘 다 정말 좋은 사람이에요. 카슈반 님께 무슨 일이 생긴다면 두 사람도 다른 고용인들도 아즈베르그 영민들도 다들 슬퍼할 거예요. 기뻐할 사람도 뜻밖에 있겠지만."

미묘한 말을 입에 올린 알리시아는 한층 더 진지한 얼굴로 말을 덧붙였다.

"게다가 나도 다시 과부가 되고 싶지는 않아요. 이제 더는 가족을 잃고 싶지 않아요. 부탁이에요. 루아크."

사신 공주라는 별명으로 불리며 묘한 취미와 묘한 성격 때문에 별종 취급을 받는 일이 많은 소녀.

그런 알리시아 입에서 나온 매우 솔직한 부탁에 루아크는 한순간 침묵했다.

"……저기, 어떡해야 하지? 사교님…… 어라아?"

녹색 눈동자가 불현듯 천막 밖으로 움직였다.

동시에 밖에서 요란한 소리가 들렸다.

"그만두십시오!"

"백작님은 주무시고 계십니다. 난폭한 행동은……!"

필사적으로 제지하는 목소리가 점점 가까워졌지만 침입자는 행동을 여전히 멈추지 않았다.

이윽고 화톳불에 비친 사람 그림자가 천막 바깥에 섰고 다음 순간 두꺼운 천이 비스듬하게 잘려나가며 차가운 밤공기가 내부로 흘러들었다.

"남의 영지에 멋대로 천막을 쳐놓고는 뭐가 난폭하다는 거냐."

그렇게 내뱉은 검은 남자의 그림자가 천막 안쪽으로 똑바로 뻗어왔다.

입구가 아닌 부분의 천을 일도양단하고 등 뒤에 트레이스 및 수하를 수십 명 이끄는 카슈반이 천막 내부에 있는 인간들을 노려보았다.

"카슈반 님……."

조금 전 자신을 황폐한 화원에서 잡아 끌어낸 남편이 방문하자 알리시아는 놀란 목소리를 냈다.

"오―. 역시 이렇게 대치하니까 그냥 볼 때랑은 다른데. 크다아. 뭐, 아즈베르그 사람들은 대개 크지만."

평소에 보이는 가벼운 모습으로 돌아와 말한 사람은 루아크였다.

자리에 감도는 공기를 전혀 읽지 못한 발언을 한 그를 본 카슈반은 불쾌한 표정을 한층 더 불쾌해졌다고 바꾸었다.

"넌 뭐냐."

"나? 사신."

루아크는 장난을 치듯 이름을 댔지만 카슈반은 짐작 가는 곳이 있었나보았다.

"그렇군. 최근 지켜보던 사람이 너였군."

정곡을 찔린 루아크는 어라 하고 말하고 싶은 얼굴을 했고 티르나드도 짧게 숨을 들이켰다.

"아항. 제대로 한 방 먹었는걸. 하고 싶은 대로 자유롭게 놔두고 어떻게 하는지 지켜봤나 보네. 참 내. 이래서 안 된다니까 도련님은. 다 들통났잖아."

"시끄러워! 네놈 때문에 들통났잖아! 기척이나 정보도 제대로 못 없애는 주제에 무슨 암살자냐!"

"그렇게 완벽하게 기척을 없앴다면 나랑 도련님이 교섭하는 거 자체가 절대로 무리인데? 뭐 상관없어. 지금 말해봤자 무슨 소용이야."

즐겁게 중얼거린 루아크는 웃으면서 손에 잡은 바늘을 고쳐 쥐었다.

알리시아에게서 떨어져 카슈반 쪽을 향하려는 순간 카슈반은 가볍게 놀란 얼굴로 발을 멈추었다.

티르나드가 흘린 말을 듣고 시선이 변했다.

"암살자라고? 설마…… 너. 바스틀의 후계자를 죽인 암살자인가?"

"응."

"이봐!"

천연덕스럽게 대꾸한 루아크에게 티르나드가 소리치는 와중에 카슈반은 기묘하고 무표정한 얼굴로 중얼거렸다.

"……그런가. 무슨 생각으로 다른 사람의 영지에 진을 쳤나 생각했더니 하필이면 암살자를…… 그것도 알리시아와 관계가 있는 암살자를 고용했나……."

조용한 목소리로 혼잣말을 중얼거린 다음 순간 카슈반은 표정이 변했다.

무표정에서 일변해 눈동자에 칼과도 같이 날카로운 빛을 담고서 검을 손에 쥔 채 일직선으로 티르나드에게로 향했다.

"그만두십시오. 공작! 도련님께 폭력은, 우와, 우와와와왓."

"시끄럽다. 비켜라! 그리고 나는 강공작이다!"

카슈반의 기백이 담긴 큰 목소리에 한번은 제지하려던 유란은 나뭇잎이 바람에 날리듯이 비틀비틀 길을 양보했다.

겁먹은 티르나드는 반사적으로 도망치려 했지만 카슈반이 더 빨리 앞에 섰다.

"야. 빌어먹을 꼬맹이."

이 주변의 산적들조차도 쉽게 보이지 않을 흉악한 얼굴을 한 카슈반이 티르나드를 내려다보았다.

순간 멍해진 티드나드는 바로 제정신을 차리고 자신을 가리키며 얼굴에 경련을 일으켰다.

"……나, 나 말인가……?!"

일단 카슈반은 이전까지는 티르나드에게 존칭을 사용했다. 하지만 이제는 배려할 생각이 없는 듯했다.

어조까지 산적이 돼버린 카슈반은 고막을 마구 뒤흔드는 큰 목소리로 호통을 쳤다.

"너 말고 누가 있나? 아직도 배냇저고리에 싸인 어리광쟁이 빌어먹을 꼬맹이!"

정중하게도 다시 한번 '빌어먹을 꼬맹이'라고 반복한 카슈반은 한쪽 다리를 들어 올려 가까운 버팀대를 걷어찼다.

천막 전체가 크게 흔들릴 충격에 티르나드의 얼굴이 새파래졌다.

카슈반은 개의치 않고 여전히 호통을 쳤다.

"폭력을 휘두르면 안 된다고 아우성을 쳐놓고 자기는 뒤에서 사람을 찌르나. 정면에서 때리면 폭력이고 암살자를 보내 죽이면 폭력이 아닌가! 네 아버지가 더 높은 나라에서 아주 자랑스러우시겠어!"

돌아가신 아버지를 들고나오자 티르나드가 얼굴을 굳혔다.

분한지 얼굴을 일그러뜨린 티르나드는 똑같이 큰 소리로 카슈반의 말을 되받아쳤다.

"네, 네놈을 이대로 놔둔다면 또 아버지나 나 같은 꼴을 당하는 귀족이 나올 거다! 이 땅에는 기개 있는 귀족이 없으니까! 유서 깊은 가문에서 태어났는데도 부당한 폭력에…… 아야야야!"

"그래. 앞으로도 너처럼 착각하는 꼬마는 때려주겠다!"

굳게 쥔 주먹을 가차 없이 티르나드의 머리에 떨어뜨리며 카슈반이 내뱉었다.

티르나드는 몸으로 처음 받아낸 카슈반의 힘에 눈물을 그렁그렁 매달고 신음을 냈다.

"네놈도 다 나를 생각해서 때린 거라고 하겠지. 걱정하는 척 말해봤자 소용없어!"

"부모도 후견인도 아닌 내가 왜 너 따위를 걱정하나! 보면 짜증이 나서 때렸다!"

대의명분은 다 집어던진 솔직한 대답에 티르나드는 할 말을 잃었고 루아크는 킬킬 웃었다.

다른 사람들이 그저 어리둥절 하는데 카슈반은 한층 큰 목소리로 호통을 쳤다.

"앞으로도 마음에 안 드는 사람은 뒤에서 찌르면서 살아갈 생각이냐?! 자신은 직접 찌르지도 못하고 남의 손을 더럽히면서!"

"내 이야기야?"

루아크는 기뻐하며 말했다. 그를 곁눈으로 살피던 카슈반은 다시 외쳤다.

"바스틀처럼 날 찔러 죽이고 사신 공주의 저주니 뭐니 지껄일 생각이겠지. 그 뒤는?! 두 번 연속해서 남편을 잃은 여자를 주위에서 어떤 눈으로 볼지 아는가?!"

"음 그러니까…… 역시 세 번 결혼하긴 어렵겠죠. 하지만 루아크가 신랑이 돼준다고 했어요."

이번에는 알리시아가 중얼거렸다.

카슈반은 이제 유란에게도 분노의 화살을 돌렸다.

"유란! 후견인이 암살자를 고용해도 막지 않는다니 성직자로서 할 짓인가! 몰랐다고 변명하지 마라!"

"……앗, 하, 하. 저도 일단 말렸는데……."

얼굴에 메마른 웃음을 띠는 유란을 몰아붙이며 카슈반은 더 으르려 했다.

그런데 일단 구속에서 해방된 티르나드가 그보다 먼저 갑자기 외쳤다.

"이, 이, 일대일로 승부닷……!"

혈색이 완전히 가셔서 얼굴이 새하얘진 젊은이는 와들와들 떨리는 손을 근처에 둔 검에 뻗으려 했다.

"내내내내가, 내가 정면에서 널 쓰러뜨린다면 불만이 없겠지!? 그, 그렇게 해주마. 그렇게 해주겠어! 나도 레이덴의 피를 이은 남자다. 아버지의 아들이다⋯⋯!"

명백히 자아를 상실한 모습에 유란이 새파래졌다.

떨리는 손에 든 검을 뽑지도 못하고 지팡이마냥 휘두르는 피후견인에게 달려가면서 소리쳤다.

"안 됩니다, 도련님! 폭력 반대! 애초에 안됩니다. 무리라고요. 어떻게 생각해도 안되겠습니다. 루아크!"

"예이."

지명된 루아크는 펄펄 뛰는 티르나드와 카슈반 사이에 매우 쉽게 미끄러져 들어갔다.

"알았다고. 어쨌든 빨리 도련님을 데리고 도망치시라고."

"알리시아 님도 죽이면 안 됩니다!"

"알고 있─습니다. 바스틀 형님 일 이후로 완전히 사신 공주 전속이 된 것 같으니까."

도망치지 않는다고 외치는 티르나드를 감싸며 병사들이 움직이기 시작했다.

천막과 다른 설비를 전부 버리고 헐레벌떡 도망가는 레이덴 일행을 카슈반은 날카로운 시선으로 노려보았지만 자리에서 움직이지 않았다.

정확히는 움직이지 못했다.

암살자의 커다란 눈동자와 손에 쥔 바늘의 끝이 똑같이 요사스러운 빛을 내면서 빈틈없이 카슈반을 노렸다.

"자— 아, 공작님. 아무래도 후미를 맡아달라는 부탁 같아서."

"쓰고 버리는 말이라는 사실에는 변함이 없다. 사신. 알리시아의 남편으로 만들어줘서 고맙게 생각하지만 멋대로 저택에 눌러앉았던 벌은 제대로 내려주겠다."

스리슬쩍 그 말만 던진 카슈반은 아무런 소리 없이 검을 쥐고 자세를 잡았다.

"흐응. 겉모습만 세진 않은가 봐. 하긴 스스로 강공작이라고 할 정도잖아. 실력에 자신이 있다는 뜻이겠지."

빈틈이라고는 전혀 없는 그 모습에 루아크는 새삼스럽게 카슈반이 실력자임을 알아차린 모양이었다.

그러나 자신보다 체격이 훨씬 좋은 남자가 다그쳐도 소년은 겁먹은 기색이 전혀 없었다.

"어렴풋이 느꼈겠지만 나는 사실 당신 같은 남자 별로 안 좋아해. 알리시아나 트레이스 씨랑 같이 있으면 조금 귀여워는 보였지만!"

내내 훔쳐봤다는 사실을 넌지시 풍기는 말을 내뱉은 루아크의 모습이 알리시아에게는 사라진 듯 느껴졌다.

다음 순간 카슈반은 대각선 뒤쪽에 출몰한 암살자를 가까스로 도신(刀身)으로 밀어냈다.

"위험해요. 카슈반 님! 루아크는 무기에 독을 발라놨어요!"

절반 정도는 스스로 물러났으리라.

별로 어렵지도 않게 몇 발자국 떨어진 곳에 착지한 루아크는 알리시아가 외친 말에 화답하듯이 손에 쥔 바늘을 여유로운 동작으로 흔들었다.

"그래. 비료불요초에서 추출한 독을 발랐지. 아— 하지만 당신 정도 체격이라면 즉사하진 않을 거야. 기껏해야 전신 마비 정도?"

뭐라 말할 수 없을 만큼 위험한 말에 카슈반은 자세를 다시 잡았다.

서로 노려보는 두 사람을 보고 알리시아가 다시 외쳤다.

"그만해요. 루아크. 카슈반 님을 죽이지 말아줘요!"

"그럴까. 나도 저 사람이 너랑은 다른 의미로 재미있는 사람이라고 생각했는데…… 오옷!"

느긋이 대화하는 틈을 타서 뻗어온 카슈반의 칼끝이 루아크의 가슴을 스쳤다.

소년은 날렵한 몸놀림으로 재빨리 뒤로 물러나 칼끝을 피했지만 검은 상의 일부가 살짝 갈라졌다.

"그래도 무리야. 공작님도 날 죽일 생각이거든. 우왓!"

"강공작이라고 말했을 텐데!"

질리지도 않고 가벼운 어조로 나불대는 루아크에게 입을 놀릴 시간을 주지 않고 카슈반은 한층 더 깊이 파고들었다.

루아크도 눈동자에서 그윽한 빛을 발하기 시작했다.

오른쪽으로 왼쪽으로 공격을 피하면서 입가에 옅은 미소를 띠었다.

"아하하하. 실력 좋은데. 당신이라면 그쪽 길로 가도 충분히 먹고 살 수 있을 거야."

카슈반은 한층 공세를 강하게 해 반격을 봉해버릴 생각이었다. 숨도 쉴 수 없을 만큼 맹렬한 공격에 실제로 루아크는 손도 발도 못 내미는 듯 보였다.

그러나 검과 비교조차 할 수 없을 빈약한 무기만으로도 루아크는 카슈반이 하는 공격을 완전히 다 막아냈다.

공격과 수비가 예술적으로 서로 딱 맞물려 두 사람 사이에 다른 사람이 끼어들 여지가 없었다.

카슈반의 부하들도 손을 내밀 수 없는 모양이었다.

루아크는 일단 검은 뽑았지만 어떻게 할지 모르겠다는 얼굴을 한 트레이스를 힐끗 쳐다보고는 알리시아에게 말을 걸었다.

"있잖아, 알리시아. 알리시아는 역시 이 사람이 좋아?"

시선만큼은 역시 카슈반에게서 떼지 않았지만 루아크는 느긋한 어조로 계속 이야기했다.

"아즈베르그의 폭군님은 무척 유서 깊은 폭군이라고 아는데. 미친 하르바스트 공작의 피를 이어 2대째…… 우와앗!"

금속끼리 부딪치는 한층 날카로운 소리가 나고 은색의 반짝거리는 것이 하늘을 날았다.

카슈반이 모든 체중을 실어 온 힘으로 바늘을 쳐내고 동시에 루아크 배를 걷어찼다.

독을 바른 바늘은 천막에 꽂히고 루아크도 지면에 등부터 굴렀다.

"……우와앗……!"

그래도 재빠르게 웅크린 자세를 취했으니 역시 보통 실력이 아니었다.

그러나 이번 공격은 상당히 타격이 컸는지 루아크는 걷어차인 배를 끌어안고 콜록거렸다.

"하르바스트…… 어머, 설마 여기는 정말 하르바스트 장미 저택인가요?"

한 귀로 흘려버릴 수 없는 명칭에 반응한 알리시아가 중얼거렸다.

그 목소리는 카슈반에게도 들린 모양이었다.

하지만 아무 말도 하지 않고 콜록거리는 암살자에게로 다가갔다.

콜록거리는 소년의 머리 위로 검을 높이 들어 올렸다.

또다시 초상화 속 남자와 닮은 눈을 한 카슈반은 들어 올린 검을 단숨에 내리치려 했다.

"안 돼요. 카슈반 님! 루아크를 죽이지 마세요!"

저도 모르게 그렇게 외치자 암살자와 폭군은 알리시아가 쪽을 돌아보았다.

"……무슨 말이지, 알리시아."

땅을 기는 듯한 낮은 목소리로 카슈반이 물었다.

"노라와 다른 고용인에게 들은 이야기를 종합해 보면 너는 레이덴 백작이 저지른 얼빠진 악행을 단신으로 막으러 온 것 같았는데."

억양이 없는 목소리로 말하며 카슈반은 장화 끝으로 루아크의 다리를 짓밟았다.

생각해 보니 노라에게 말을 전해 달라 부탁했었지.

카슈반이 그렇게 생각하는 알리시아에게 이어 말했다.

"내 목숨을 노리는 암살자라면 내게는 이 녀석을 죽일 권리가 있다. 그런데 왜 막지?"

"음, 그게……."

"너는 기분 나쁜 장소나 괴담을 좋아한다더군. 혹시 그 때문인가?"

아무래도 카슈반이 전해 들은 이야기에는 그런 내용도 포함된 것 같았다.

살짝 놀라면서 알리시아는 생각하고 생각하고 또 생각한 끝에 대답했다.

"음 그게…… 분명히 무서운 이야기를 좋아해요. 유령이라든가 사신이 나오는 이야기를 정말로 좋아합니다."

그래서 사신 공주라는 별명 자체는 싫지 않다.

다만 별명에 관련된 이야기는 진실이 아니었고 지금도 죽은 브라이언에게 미안한 일이라고 생각했다.

"하지만 다 책 속 이야기니까요. 현실에서 누군가가 죽었으면 좋겠다고 생각한 적은 없습니다. ……루아크는 많은 사람을 죽였달까, 전 남편에게는 원수지만 그게…… 그…… 죽으면 다 끝이잖아요."

카슈반도 요전에 말했지만 인간은 죽으면 전부 끝이다.

페이트린을 위해서 알리시아를 위해서라며 허세를 부리던 부모님은 탈진한 끝에 죽어버렸다.

부모님의 유지를 자신이 존중한다손 치자.

가령 과거 페이트린의 영광을 되찾는다 하더라도 두 사람이 돌아올 수 없었다.

부모님을 사랑했기 때문에 알리시아는 아무리 가난해도 세 사람이 함께 지내기만 한다면 행복했다.

넓기만 한 저택은 팔아버리고 시골 어딘가에 작은 집이라도 샀다면 더 나은 생활을 할 수 있겠지 생각했었지만 역시 그 말만큼은 할 수 없었다.

"저…… 카슈반 님도 루아크도 전부 죽지 말았으면 해요."

"그렇다는데. 아. 아야야야야."

어느새 숨을 고른 루아크가 약삭빠르게 끼어들었다. 카슈반은 말없이 루아크의 다리를 밟은 자신의 발에 좀 더 체중을 실었다.

일단 손은 멈췄지만 위로 치켜든 검을 칼집에 되돌려놓을 생각이 없는 남편을 본 알리시아는 문득 든 생각을 입에 담았다.

"그렇지. 카슈반 님! 루아크를 고용해주세요!"

"……아?"

입술 끝을 끌어 올리며 이상한 얼굴을 하는 카슈반에게 알리시아는 제안을 설명했다.

"의뢰주인 레이덴 백작님은 벌써 도망치셨잖아요. 카슈반 님은 부자니까 암살자를 고용할 수 있어요. 여러 가지로 적도 많으니까 분명히 앞으로 루아크의 힘이 필요해질 때도 있겠죠."

아무렇지도 않게 무시무시한 소리를 늘어놓는 알리시아를 남편이 말없이 바라보았다.

"옆에 두면 언제든지 죽일 수 있잖아요. 저택에는 고용인도 적고 트레이스도 용서해주셨잖아요. 루아크도 용서해주세요."

엉망진창으로 논리를 전개한 끝에 '용서해주세요'라는 결론에 다다르자 루아크가 더는 참을 수 없는지 웃음을 터뜨렸다.

주변 땅을 팡팡 두드리면서 데굴데굴 구르는 소년을 짓밟은 채로 카슈반은 어쩔 수 없다는 얼굴을 했다.

"아하, 핫……. 아아아, 아야야야. 아, 이렇게 아파 본 것도, 이렇게 웃어본 것도 오랜만이야, 나."

웃어젖히는 통에 걷어차인 배가 아파졌는지 얼굴을 찡그리면서도 루아크는 카슈반을 올려다보며 중얼거렸다.

"그러고 보니까 당신 개목걸이를 채워 끌고 와서 다리를 잘라 가둬 놓는 걸 좋아한댔지?"

또 카슈반을 훔쳐본 성과를 늘어놓고는 루아크는 자신을 밟은 발에 얼굴을 가까이 가져갔다.

장화를 신은 정강이 부분에 쪽 소리를 내어 키스하자 카슈반은 움찔하고 다리를 뒤로 뺐다.

"기막힌 우연인걸. 나는 그런 걸 당하길 꽤 좋아한다고, 형님. 또 재미있는 여자애도 매우 좋아하고."

루아크는 배를 감싸 안은 채 자리에서 일어나 천진난만하게 웃는 얼굴을 만들어 보였다.

"이래 보여도 말이지. 뒷세계 여기저기서 러브콜을 받는 유명인이야. 잘만 길러준다면 실력도 가진 정보도 나름 도움이 될 거야."

무기가 없다고 과시하듯이 양손을 벌린 소년은 태연하게 자신을 팔기 시작했다.

"정면에서 때리는 녀석과 뒤에서 찌르는 녀석이 손을 잡으면 무적이잖아? 어때? 당신 그릇을 좀 보여줘. 설마 패배를 인정한 데다가 무기도 없는 사람을 베어버리진 않겠지?"

엉망진창인 논리 전개에 편승해 밉살스러울 만큼 뻔뻔하게 목숨을 구걸하는 말을 들은 카슈반이 깊게 한숨을 내쉬었다.

어느새 눈동자가 평상시 눈빛으로 되돌아왔다.

"……사신을 지참금 대신 받을 줄이야."

쓴웃음을 짓는 카슈반에게 이끌려서 알리시아는 예의 화원 앞에 왔다.

심야에 가까운 시각이라 어둠에 시야는 거의 막혔다.

그래서 끊어져 나간 덩굴장미 잔해가 바람 때문에 불길하게 사각사각거리는 소리가 또렷하게 들렸다.

"……저, 죄송해요. 카슈반 님."

알리시아는 이끄는 대로 따라왔다지만 황폐한 화원을 보니 미친 듯이 화를 냈던 카슈반이 뇌리에 떠올랐다.

암살자를 고용하라고 말한 사람이라고는 생각할 수 없을 만큼 풀이 죽은 모습이었다.

램프를 한 손에 든 남편이 알리시아의 손을 천천히 잡았다.

따뜻하고 커다란 손의 감촉에 왠지 묘하게 부끄러웠다.

마음을 아는지 모르는지 카슈반은 어두운 장미원 안쪽으로 아내의 손을 끌며 걸어 들어갔다.

"장미는 엄청 비료를 먹어댄다지."

툭 중얼거린 카슈반은 천천히 아내를 돌아보았다.

"넌 하르바스트 장미 저택 이야기를 알고 있었구나."

불현듯 걸어오는 말에 알리시아는 작게 고개를 끄덕였다.

"예. ……하지만 이곳인지는 몰랐어요. 그 이야기는 책에서 읽었거든요."

한순간 카슈반은 의외라는 얼굴을 했다.

하지만 곧 쓴웃음을 띠며 묘하게 이해한 모습을 보였다.

"그런가. 이래저래 저택을 나간 하인도 많으니까. 그중 입이 가벼운 자가 있었겠지. ……어떻게 쓰여 있었지?"

사실 서두 부분은 보지 않고도 얘기할 수 있었지만 알리시아는 최대한 간결하게 내용을 요약했다.

"장미꽃에 미친 당주가 여자를 몇 명 죽여 장미원에 비료로 묻었다…… 라는 이야기예요."

"그래. 맞아. 이름은 레디오르 하르바스트. 선대 영주에 내 아버지고 하녀였던 내 어머니에게 애를 배게 한 후 낳자마자 죽인 괴물이다."

억양이 없는 목소리로 말한 카슈반은 저택에 감춰진 과거를 이야기하기 시작했다.

"실제로 장미에 미친 사람은 아버지가 아니라 정실부인이었어. 명문가 출신이고 대단한 미인이라고 했지만 나는 얼굴을 직접 본 적이 없어. 장미처럼 붉은 드레스만 입는 매우 아름답고 무척 유별난 여자였다고 들었다."

찢어진 초상화에 그려진 여자다.

알리시아가 감춰진 방을 고하자 카슈반은 다시 쓴웃음을 지었다.

"루아크가 숨었던 곳에 그런 물건이 있었나. 빌어먹을 아버지 같으니라고. 정말 이상한 것에만 돈을 쓴다니까. 나한테도 가르쳐주지 않고 그런 방을…… 흥. 그런 그림이…… 그런가?"

여러 가지 짚이는 점이 있었나 보다.

잠깐 잠자코 있던 카슈반은 말라붙은 장미 덩굴을 만지면서 말을 이었다.

"능변가가 설득했는지 결혼을 승낙한 정실부인은 아버지를 쳐다보지 않고 이 장소에 화원을 조성해서 장미만 키웠지. 그런 끝에 이곳은 땅이 안 좋고 일조량이 적다고 불만을 늘어놓았다. 아버지는 결국 장미가 좋으면 너도 장미가 돼버리라면서 부인을 죽여 이곳에 묻었지."

그 말을 들은 알리시아는 저도 모르게 화원 구석에 있던 하얀 돌의 무리를 바라보았다. 카슈반도 그녀의 시선을 알아차리고는 그렇다고 고개를 끄덕였다.

"가장 안쪽이 처음 죽었던 정실부인 묘다. 그다음 순서대로 나름대로 신분 있는 집안 딸들 묘가 늘어섰지. 전부 돈 때문에 이곳까지 왔다가 살해되어 귀한 몸이 비료로 쓰인 가련한 여자들이지."

카슈반의 아버지는 가장 사랑하는 여자를 살해하고 정신이 붕괴하였으리라.

저택의 개축을 거듭하며 사람이 가까이 오지 못하는 구조로 만들었다. 그리고 장미에 미친 안주인을 흉내 내듯이 장미원에 차례차례 비료를 보냈다고 한다.

"하지만 그 여자들은 그나마 대접이 나았던 편이야. 마지막에는 여자를 살 돈도 바닥나서 주변 농민의 딸이나 고용인에게 차례로 손을 대기 시작했다. 게다가 이런 무덤조차 만들어주지 않았어. 내 어머니에게도, 트레이스의 누이에게도."

카슈반의 소꿉친구 같은 존재면서도 증오하는 눈으로 노려보던 트레이스.

트레이스의 눈에는 영주 지위를 이어받고 영민을 강압적으로 지배하는 카슈반이 스스로 원해서 과거의 괴물이 되어간다고 비쳤으리라.

그래서 곁에서는 견디지 못하고 저택을 떠났다.

"하지만 그렇게까지 했어도 장미는 피지 않았다."

장미에 미친 부인조차 덩굴장미를 피울 수 없었다.

원래부터 손질하는 데 상당한 지식과 기술이 필요한 장미를 터무니없는 방법으로 피울 수 없었다.

"아버지는 내게 네 어머니 같은 비천한 것의 피와 살을 섞어서 실패했다고 말하곤 했었지. 지나를 비롯한 다른 명가의 영애에게 미안한 짓을 했다고."

빠각하는 소리가 났다. 카슈반이 손에 들고 만지작거리던 가지가 부러졌다.

말라 비틀어져 한없이 약해진 가지를 손으로 으스러뜨리면서 카슈반은 혼잣말을 하듯 말했다.

"그래서 나는 고귀한 하르바스트가 당주를 죽여 그 피와 살을 같은 땅에 섞어줬지."

속삭이는 옆얼굴에서는 살짝 광기가 엿보였다.

초상화에 그려진 남자를 살해했다고 말하는 아들의 얼굴은 아이러니하게도 아버지와 매우 닮아 보였다.

"그렇지만 장미는 피지 않았다."

꼴좋다.

낮게 내뱉는 말을 끝으로 카슈반 얼굴에서 장미에 미친 당주의 그림자가 사라졌다.

말없이 이야기에 심취했던 알리시아를 보는 카슈반은 기묘하게 상냥한 미소를 띠고 있었다. 그런 카슈반을 보려니 희한하게도 가슴이 술렁거리기 시작했다.

알리시아는 문득 한 가지 사실에 생각이 미쳤다.

"저…… 카슈반 님. 때때로 이곳에 오셨지요?"

황폐한 화원 입구에는 분명히 사람이 드나든 흔적이 있었다.

카슈반은 조금 놀란 얼굴을 했다.

"……때때로."

"……어머님을 뵙기 위해서요?"

약간 주저하는 기색으로 던진 질문에 카슈반은 직접 대답하지 않고 쓴웃음을 지을 뿐이었다.

"노라가 고생할만하군. 둔한지 날카로운지 알 수가 없는 아가씨야."

카슈반은 다시 이야기를 시작했다.

"자식은 나밖에 없어서 아버지가 죽은 후에 이 집을 물려받아 영주가 되었다. 아즈베르그의 귀족들도 처음에는 신경도 쓰지 않았지. 나에게는 오히려 더 좋았어."

영주가 내버려 두는 데에 익숙해진 귀족들은 다음 영주가 강압적으로 지배할 가능성을 안중에 두지 않았단다.

원래 저주받은 하르바스트의 피를 이은 인간을 두려워한 탓도 있어서 생각보다 훨씬 싱겁게 카슈반이 아즈베르그의 폭군이 될 수 있었다.

"내가 직접 세금 징수 상황을 조사하고 장부를 다시 확인만 했는데도 상당한 돈이 모였으니까. 어쨌든 그 돈으로 국왕 폐하께 '강공작'이라는 작위를 만들어 달라고 청원하여 허가받았지."

"아아. 강공작은 카슈반 님이 만드신 작위였군요."

그러니 당연히 들어본 적이 없었다.

알리시아의 말에 카슈반은 언제나 그랬듯이 히죽 웃었다.

"그래. 멋지지? 대단하고 강해 보이잖아. 뭐, 내게만 허락되어서 자식에게는 계승할 수 없는 작위지만. 어머니 성을 사용할 수 있도록 허가를 받아서 결국 아즈베르그는 라이센 강공작이 통치하는 땅이 되었다."

제 악취미를 재밌어하며 웃는 얼굴은 매우 활기에 넘쳤다.

"명문가 귀족분들이 하녀의 피를 이은 수상쩍은 작위를 가진 영주에게 휘둘리는 광경은 꽤 볼만했어. 바보 당주의 유일한 오락이라며 장미원에 여자를 묻어도 제지하지 않던 작자들이었는데."

함정을 설치하고 걸려든 성과에 만족해하는 아이처럼, 미안한 기색 하나 없는 그 얼굴이 점차 옅은 어둠에 녹아들어 갔다.

어느새 미소가 지워진 입술에서 또다시 담담한 목소리가 흘러나왔다.

"그렇다고 어머니의 원통함이 풀리지는 않아. 그 점은 안다."

그 한마디에 몸을 움찔한 알리시아의 가느다란 어깨에 카슈반이 손이 올렸다.

어두운데도 얼굴이 잘 보인다 생각했는데 당연한 일이었다.

어두운 만큼 카슈반이 가까이 왔으니까.

"귀족분들이 단념하게 할 마지막 카드는 사신 공주, 너였다. 부인으로 삼으면 더 큰 힘을 얻으리라 생각했지. 사신의 가호라면 내게도 잘 어울리니까. 그런데…… 생각지도 못한 수확이었어. 정말이지."

검은 눈동자 안쪽에서 따뜻함과 격렬함을 동시에 느끼게 하는 신비로운 빛이 흔들렸다.

"이런 얘기는 누구에게도 할 생각이 없었다. 명문가 페이트린의 아가씨에게 명문가 혈통만 얻으면 그것만으로 좋다고 생각했었는데……."

메마른 감촉의 커다란 손이 상냥하게 알리시아의 뺨을 감쌌다.

공포가 아닌 다른 무엇에 가슴이 술렁거린 소녀는 영문 모를 불안함을 느꼈다.

"저, 저……."

"저택 밖에 나가지 마라. 트레이스에 관해 묻지 마라. 황폐한 화원에는 가까이 가지 마라. 아즈베르그의 폭군이 한 말을 하나도 안 들은 여자는 너뿐이다. 저택 밖에 나가지 말라는 지시는 두 번이나 어겼고."

"……죄송합니다."

카슈반은 또다시 풀이 죽어 살짝 숙인 알리시아의 턱을 쓱 들어올렸다.

"알고 있어. 너는 내가 살해당하지 않도록 혼자서 그곳에 뛰어든 거지."

"음…… 그게 저는 카슈반 님을 너무 화나게 해버렸는걸요."

너무 가까운 거리에 당혹해 하면서 알리시아는 더듬더듬 말했다.

남편의 존재는 지금은 공포 소설 그 자체였다.

호흡이 곤란하고 가슴은 격렬하게 두근거렸으며 심장이 터질 듯이 맥동하는 것을 느낄 수 있었다.

그런데도 너무나 끌려서 눈을 뗄 수 없었다.

"저…… 가족이 죽는 모습을 다시 보고 싶지 않아서……."

"나도. 두 번 다시 가까운 인간을 잃고 싶지 않아."

숨결이 가까이 다가왔다.

왠지 머리가 어질어질해져서 알리시아는 저도 모르게 중얼거렸다.

"저, 저, 하지만…… 아직 애고 카슈반 님과는 연령상으로 균형이……."

"열다섯이지? 나는 스물둘이다. 분명히 아직 어린애 같지만 귀족 간에 정략결혼이라면 흔히 있는 일이야."

머리가 어질어질하던 것이 멈췄다.

대신 새로 닥친 충격적인 사실에 놀란 알리시아는 큰 소리를 냈다.

"서른셋 정도라고 생각했는데요!"

"……뭐냐. 그 구체적인 숫자는."

카슈반은 질린 투로 말하고는 도망치려는 자세를 한 알리시아를 멍한 틈을 타서 잽싸게 끌어당겼다.

어둡고 황폐한 화원 속.

덧붙여 갑작스러운 일이었기에 뭐가 어떻게 되었는지 거의 알 수 없었다.

다만 자신을 끌어안은 몸에서 느껴지는 온기와 입술에 닿은 열기가 첫 번째보다도 더 뜨거웠다는 사실만큼은 알 수 있었다.

[제5장] 누구를 위한 날개

"주인님과 마님은 완전히 사이가 좋아지셨네요."

언제나처럼 주방에서 점심을 먹는 알리시아에게 요리사인 단과 마부인 로세가 기쁜 기색으로 말을 걸었다.

티르나드가 도망치고 나서 열흘 정도 지났을까.

카슈반은 트레이스와 부하를 데리고 언제나처럼 영지를 돌아보러 외출 중이었다.

하르바스트 장미 저택에 관해 카슈반은 고용인에게도 말한 것 같았다.

단은 레디오르가 영주였을 무렵부터 모셔왔던 고용인으로 대가 바뀌어도 도망치지 않고 끝까지 남은 사람 중 하나였다.

단은 돈으로 산 사신 공주가 주인에게 웃는 얼굴을 되돌려주어 매우 기쁜 모양이었다.

"……이전 주인님이 돌아가시고 나서 카슈 님은 항상 무서운 얼굴로 무서운 일만 하셨답니다. 트레이스가 없어진 뒤에는 한층 더 그러셨지요……. 측근도 두지 않으시고 필요한 일은 혼자 결정하시고 원망을 사도 상관없다며 행동하셨습니다. 그랬는데 정말 잘 됐어요."

카슈반이 어릴 때부터 함께 지냈기 때문이리라.

애칭으로 주인을 부르면서 숙연한 어조로 말하는 단과 같은 감정을 가진 고용인이 많았다.

저택에 고용된 사람 수 자체는 적지만 결속력이 강해서 라이센 부부에게 충성심을 단단히 굳힌 모양이었다.

"……흥, 부부보다는 부녀로 보이지만요."

알리시아의 옆에서 그녀가 만든 스튜를 먹으면서 노라가 심통이 난 얼굴로 내뱉었다. 그 옆에서 로세가 말을 얼버무리듯이 말을 걸었다.

"노라, 뭐냐. 아직도 그런 말을 하냐. 주인님께 마님이 그 백작에게 갔다고 보고한 사람은 너잖냐."

"암살자라는 말이 나왔는데 보고하지 않을 수가 없잖아요?! 카슈반 님이 죽으면 정실은커녕 애인으로도 못 있잖아요!"

노라는 아, 진짜! 라고 투덜거렸다. 안주인을 앞에 둔 하녀가 취할 만한 태도는 아니었다.

노라는 영주가 바뀌고 나서 저택에 들어온 많지 않은 고용인 중 한 명이었다.

어머니 때문인지 하녀에게는 무른 카슈반에게 파고들 기회를 매일같이 노렸던 것 같았다.

사신 공주와 결혼한다는 중대사를 변함없이 독단으로 결정하자 주인을 걱정하는 고용인들이 결국 반발했다. 그 감정을 등에 업고 노라는 자신이 정식 애인이 되고 미래에는 정실이 되겠다는 계획을 세웠는데 결국 수포로 돌아가 버렸다.

한결같이 둔감한 안주인에게 노라는 이제 더는 간살맞은 목소리를 내지 않았다.

하지만 알리시아는 태도를 나무라는 대신 이제는 함께 식사를 해주는 노라에게 생긋 웃어주었다.

"그러게요 노라. 고마워요. 정실로 해주지 못해서 미안해요. 카슈반 님께서 정실은 일단 페이트린의 피를 이은 제가 아니면 곤란하시대요."

"……뭐, 괜찮아요."

이 상태라면 아직 사이에 끼어들 여지가 있다고 보았을까.

흥하고 시선을 돌린 노라는 끝에 있던 그림자를 보고 움찔했다.

"루아크?! 아 진짜 갑자기 나타나지 말라고 몇 번이나 얘기했잖아요!"

"아하하―, 미안. 다른 사람 시야에 들어가지 않도록 움직이는 버릇이 돼 놔서."

어느새 저택에 가장 최근에 들어온 고용인이자 계속 숨겨진 방 주인으로 지내는 루아크가 서 있었다.

카슈반은 제 방과 가까운 장소에 암살자가 지낸다니 싫어했다. 그러나 암살자 쪽이 방을 떠나려 하지 않았다.

"그렇지만. 카슈반 형님이 갑자기 저택에 돌아오셨잖아. 무슨 일이 있는가 해서. 오옷! 양반은 못 되시네."

코가 좋다고 알리시아를 칭찬했던 사신은 귀든 감이든 일반 사람보다 훨씬 뛰어난 감각을 가진 모양이었다.

친애의 표시일까. 카슈반을 멋대로 형님이라고 부르는 루아크 말처럼 잠시 후 격렬한 말 울음소리가 들렸다.

뒤이어 저택 문이 성대한 소리를 내면서 열렸다.

"알리시아는 어디 있나?!"

카슈반이 험상궂게 소리치자 주방에 모였던 안주인과 고용인은 홀로 이동했다.

카슈반은 일상적으로 주방에서 식사하게 된 아내에게 성큼성큼 다가갔다. 그리고 손에 든 서신 한 장을 눈앞에 내밀었다.

"이상한 방향으로 성장했다. 그 도련님."

알리시아는 고개를 갸웃거리며 그렇게 내뱉은 카슈반이 펼친 문서를 바라보았다.

내용을 한번 쭉 읽고 알리시아 역시 저도 모르게 에엑 소리를 냈다.

"……우리 집을…… 레이덴 백작님이 사들였다……?"

"……말해야 할지 어떨지 잠시 고민했지만. 사실 네 후견인은 널 팔아치운 직후부터 저택을 사들일 사람을 찾았다."

눈을 크게 뜨고 자신을 바라보고 있는 아내의 모습에 카슈반은 작게 한숨을 쉬고 나서 설명을 시작했다.

"어떤 의미에서든 너와 헤이스덤 씨는 닮은 구석이 많아. 영주도 아닌 페이트린의 체면을 필사적으로 지킬 생각이 없는 모양이야. 저택이든 너든, 돈이 되면 뭐든 팔아서 우아한 생활을 하려나 보지."

분명히 부모님이 살아 계실 때부터 헤이스덤이 계속 저택을 팔라고 말했다.

알리시아도 내심 현실적인 말이라 생각했다.

하지만 부모님은 말도 안 된다며 저택을 파는 일을 줄곧 굳게 거부해왔다. 알리시아는 부모님 사후에도 그 뜻을 계속 존중했다.

그 저택은 부모님의 유품과도 같았다. 알리시아에게도 많은 추억이 있었다.

페이트린은 오래전에 영주로서 지위를 상실했다.

페이트린이 가졌던 지위는 농민 중에서도 새로 부상한 다섯 개 신흥 귀족 가문에 분할되었다.

다섯 개 가문은 어떻게든 다른 네 개 집안을 없애려 했다.

그들이 거액의 돈과 맞바꾸면서까지 지방백의 저택을 손에 넣길 바란다는 사실은 잘 알았다.

부모님은 저택의 소유권을 헤이스덤에게 넘겼다. 언젠가 다른 가문에 시집갈 딸이 아니라 일족의 손에 명문가의 상징을 남겨놓고자.

그랬었는데 헤이스덤이 지금, 그것도 티르나드에게 저택을 팔 줄은 생각도 못 했다.

좋게 보자면 후견인에게 최소한의 양심은 있다고 볼 수도 있으리라. 저택을 팔지 않겠다고 입으로만 약속했는데 알리시아가 떠날 때까지는 팔지 않았으니.

그래도 알리시아는 그저 멍할 수밖에 없었다.

"너와 저택을 하나로 묶어서 사지 않겠느냐고 말했을 정도였으니까. 지금 와서는 그러는 편이 더 좋았겠지 싶지만…… 뭐 지금 말해 봐야 소용없지."

후회를 도중에 자르며 카슈반은 알리시아에게 말했다.

"준비해라, 알리시아. 그 도련님은 우리 두 사람을 제 영지로 초대했다."

"어라? 가드릴 생각인가. 아무리 생각해도 함정이잖아."

루아크가 의외라는 목소리를 냈다.

어쩔 수 없잖아. 카슈반은 그렇게 중얼거렸다.

"어차피 그 도련님이 이대로 물러서지는 않겠지. 이번에 무시한다면 또 무슨 일을 꾸밀지 몰라."

진절머리가 난다는 얼굴로 카슈반은 손을 뻗어 알리시아의 머리를 가볍게 쓰다듬었다.

"고급 드레스도 보석도 필요 없다 하는 손이 가지 않는 아내가 드물게 애착을 가지는 물건이니. 어떤 집이 됐든 태어나고 자란 집은 특별하다는 감정은 나도 잘 아는 바다."

살짝 웃은 카슈반은 등 뒤에 물러선 수하들을 돌아보며 명령했다.

"너희도 준비를 서둘러라. 준비가 끝나는 대로 출발한다!"

망토를 펄럭이며 지시를 내리기 시작한 영주의 등을 배웅하며 루아크는 가볍게 휘파람을 불었다.

"이야, 여전히 멋있어서 조금 화나는 걸—. 그나저나 카슈반 형님. 도련님을 너무 세게 때린 거 아닐까?"

"그러게요……."

남편이 버릇처럼 쓰다듬은 자신의 머리를 몇 번이나 만져보며 알리시아는 수줍게 웃었다.

아즈베르그와 레이덴 경계에 해당하는 장소.

문지기처럼 높은 산이 몇 개나 죽 이어지다가 겨우 나오는 산기슭. 넓고 울창한 숲 입구인 초원에 티르나드의 큰 웃음소리가 울려 퍼졌다.

"하하하하하. 늦었잖아, 라이센. 어디서 뭘 하다 왔나!"

날개의 문장을 단 수십 기 위병을 등 뒤에 부채꼴 형태로 거느리고 티르나드도 착실히 무장을 갖췄다. 바라보던 카슈반은 눈을 반쯤 감았다.

아즈베르그에서도 비교적 외곽 지역이기 때문일까.

밝은 햇살 속에서 눈에 띄게 두드러지는 검은 남자와 일행을 보고 티르나드는 한층 더 유쾌한 얼굴을 했다.

"표정이 왜 그러냐! 바보 자식. 설마 여기 매복했을 줄은 몰랐나 보군. 너의 안이함을 후회해라!"

티르나드 말처럼 이곳에 매복했으리라고는 생각하지 않았다.

라이센 저택에서 6일 정도 걸리는 이곳은 아직 아즈베르그 영지지 레이덴 영지가 아니었다.

국왕의 사면장이 있다지만 남의 영역이 아닌 제 영지에서 기습하겠다고 생각할 주변머리가 없는 모양이었다.

카슈반은 짐짓 꾸민 듯이 한숨을 쉬었다.

"맞는 말이다. 이왕이면 더 세게 때릴 걸 후회하는 중이긴 하지."

확인시켜주듯 카슈반은 오른손의 주먹을 꽉 쥐어 보였다.

하지만 시위하는 동작에도 티르나드는 물러서지 않았다.

바로 곁에서 여전히 당황해 하는 유란에게도 개의치 않고 그는 허리에 매달린 검을 뽑아 외쳤다.

"자, 라이센. 이번에야말로 일대일로 승부를 내자."

"……뭐?"

한없이 깊은 푸른 하늘에 잘 어울리는 낭랑한 외침에 카슈반은 맥 빠진 얼굴을 했다.

적의 매복을 알아차리고 등 뒤에 흩어져 준비하던 라이센 병사들도 의외의 상황에 의아한 모양이었다.

"일전의 그것이 내 실력이라고 생각한다면 큰 착각이다! 나는 제대로 검술을 배웠다고! 제대로 예법을 따른 일대일 승부라면 절대로 네놈에게 지지 않는다! 자, 검을 뽑아라!"

티르나드는 칼끝을 카슈반에게 들이대며 지극히 진지한 얼굴로 외쳤다.

사실 그다지 나이 차이도 나지 않는 젊은이를 물끄러미 바라본 카슈반은 옆에 선 암살자에게 시선을 향했다.

"루아크. 내 마음이 너무 더럽혀졌나 보다."

후우 짐짓 꾸민 한숨을 내쉬고 카슈반은 팔짱을 끼어 보였다.

"이 도련님. 사람을 저택에서 끌어낸 뒤 틀림없이 기습하겠다고만 생각했지. 정정당당하게 일대일 승부를 청할 줄이야."

"걱정하지 마. 나도 그렇게 생각했으니까. 그래도 역시 너무 세게 때렸다는 생각 안 들어?"

"어이! 거기! 나는 당당하게 일대일 승부를 청했단 말이다! 빨리 검을 뽑아!"

아우성치는 티르나드의 얼굴을 보고 카슈반은 다시 한번 한숨을 쉬었다.

그리고 티르나드가 말하는 대로 스릉하고 허리에서 물건을 뽑았다.

"뭐, 폭력은 싫다고 아우성치던 점을 생각하면 건전하게 성장했다고 기뻐해야 할 일이겠지."

"카슈반 님!"

앞으로 나아가려는 카슈반에게 트레이스가 당황해서 목소리를 냈다.

"진심으로 일대일로 싸우십니까. 저분은 손을 들어 올리기만 해도 자지러지는 그런……"

"나를 지명해서 도전했으니까. 강공작이라는 이름을 대는 자로서 예의상 안 받아줄 수도 없지."

한 손에 검을 든 채 카슈반은 터벅터벅 앞으로 걸어갔다.

티르나드도 턱을 당기고 손에 든 검을 정면에서 바로 쥐었다.

본인 말처럼 틀림없이 검술 지도를 받는 모양이었다.

야윈 몸인데도 무거워 보이는 검에 휘둘리는 기색이 없었다.

다만 명백히 힘이 너무 많이 들어가서 언뜻 보기에는 그저 선 듯 보이는 카슈반의 자연스러운 자세와는 비교가 되지 않았다.

"말해두지만 자신만 피해자인 척하는 어리광쟁이가 제일 싫다. 먼저 검을 뽑은 이상 상응하는 각오는 했겠지."

"흥. 네놈이야말로 유란이 있다는 사실에 감사해라! 죽기 직전에 마음을 바꿔먹으면 날개를 부여받는 의식 정도는 치러주마!"

여전히 말만큼은 한 사람 몫을 다 했다. 티르나드는 일이 돌아가는 모습을 멍하니 지켜보고 있는 알리시아에게 힐끗 시선을 던졌다.

"알리시아 님. 안심하십시오. 당신의 저택에 손을 댈 생각은 없습니다. 지방백의 저택은 명문가의 상징. 집이 불탄 저는 저택에 얼마

만큼 가치가 있는지 잘 압니다."

"예?"

"그저 이 녀석을 불러내려는 방편이었을 뿐입니다. 자 시작하자. 라이센!"

"하지만……."

뭔가를 말하려는 알리시아에게서 시선을 거둔 티르나드는 검을 쥐고 카슈반에게 달려들었다.

기백만큼은 충분하다고 생각했으리라.

카슈반도 말없이 손에 든 검을 머리 위로 치켜들었다.

수십 보쯤 떨어진 거리가 메워졌다. 두 사람이 검이 교차한 순간.

"흐어어어억!"

겁먹은 소리를 내며 유란이 얼굴을 돌렸다.

티르나드는 움직이지 않았다.

카슈반 오른쪽 옆구리에 박힌 제 검을 쥔 채 자리에서 굳었다.

"아니야."

흔들리는 눈동자가 카슈반 등 뒤로 향했다.

카슈반을 사이에 끼고 반대편에서, 뒤에서 주인의 왼쪽 옆구리에 칼을 꽂은 트레이스와 눈이 마주쳤다.

"아니야. 아니야! ……내가 아니야. 내가 이긴 게 아니야!"

아우성치는 티르나드를 말없이 보고 나서 카슈반은 천천히 뒤를 돌아보았다.

고개를 숙인 트레이스의 금발을 내려다보며 한마디, 이렇게 말했다.

"어떻게 된 거냐 트레이스."

"……날개를 주신다고…… 말씀하셨습니다."

여전히 고개를 숙인 채 작게 중얼거리는 목소리에 카슈반은 눈썹을 모았다.

"누님에게 날개를! 더 높은 나라에 갈 수 있는 날개를 주신다고! 말씀하셨습니다! ……그리고, 당신에게도……."

"……그랬나. 그렇군."

모든 경위를 깨달은 카슈반은 어느 한 인물에게 눈을 향했다.

"역시 네놈 짓인가. 유란……."

이름을 불린 유란은 쭈뼛거리는 기색으로 카슈반을 바라보았다.

몸에 검을 두 자루나 맞고 지면에 검붉은 액체를 떨어뜨리는 카슈반의 모습에 성직자는 몸을 부들부들 떨었다.

"……아아아. 오, 옷이 검은색이라 티가 나지 않습니다만…… 으으 역시 무척 아파 보이네요. 음……."

여느 때처럼 말하고는 굳어버린 티르나드에게 시선을 향했다.

"빨리 편하게 해드려야죠. 자 티르 도련님. 오래 끌면 불쌍하잖아요. 거의 다 됐으니까 조금만 더 힘내세요."

"대체 무슨 일인가 유란!"

절규하는 티르나드의 어깨에 카슈반이 손을 얹었다.

움찔하는 몸을 버팀목으로 삼은 카슈반은 쉰 목소리를 냈다.

"어떻게 되고 자시고…… 아까 저택 운운은 방편에 불과하다고 했지. 하지만 실제로 페이트린 저택은 레이덴 이름에 팔렸다."

"뭐라고?!"

혈색을 바꾼 티르나드에게 카슈반은 작게 코웃음을 쳤다.

"네가 보낸 서신 내용을 그대로 믿으리라 생각했나? 조사한 결과 사실이었기 때문에 매복을 감수하고 네 말에 놀아나 주었다."

"뭐, 뭐……."

말도 제대로 못 하는 티르나드를 보고 유란은 여느 때처럼 태연하게 웃었다.

"도련님, 자 빨리요. 도련님이 일대일로 싸워보고 싶다고 하셨잖아요?"

"아니야! 내 승리가 아니야……!"

"승리했답니다. 저는 당신께 단 한 명뿐인 아군. 제가 트레이스 씨에게 부탁한 결과니까 결국 도련님의 힘으로 이긴 것이나 마찬가지잖습니까. 정말이지 변함없이 혼자서는 아무것도 못 하는 주제에 자존심만 강하다니까요…… 에구머니."

실언치고는 정도가 심한 발언을 한 유란의 등 뒤로 숲이 술렁거렸다.

이윽고 출현한 병사들을 보고 티르나드는 놀랐고 카슈반의 부하들도 굳은 표정을 지었다.

처음에 있던 사람들과 합치면 거의 백 기 가까이 될까.

이대로 난전에 돌입한다면 도저히 버텨낼 수 없을 정도로 병력에 차이가 났다.

그뿐만 아니라 몇 명인가는 화살을 시위에 잰 채 카슈반 일행을 조준했다.

뒤늦게 나타난 자들은 피부는 살짝 검은색이었다. 몸에 걸친 의상도 다부진 근육을 방해하지 않을 정도로 간결했다.

'날개의 기도'의 아름다운 갑옷을 몸에 걸친 병사들과는 명백히 달랐다.

싸움에 특화된 인간들 집단이었다.

"라그라드르 용병단…… 과연, 정말로 준비성이 좋군."

국민의 태반이 용병이라는 이웃의 작은 나라의 이름을 입에 올리며 카슈반은 비꼬는 듯한 미소를 지어 보였다.

척박하고 빈곤한 땅에서 태어나고 자란 라그라드르 용병단은 건강함과 탐욕스러움, 압도적인 강함으로 잘 알려졌다.

"카슈반 님! 앗!"

알리시아는 겨우 목소리를 냈지만 한 발 앞으로 나서자 코앞을 은색 빛이 스치고 지나갔다.

정신을 차리니 루아크가 바로 옆으로 이동해서 손에 쥔 물건을 알리시아의 목에 갖다 댄 상태였다.

"미안, 알리시아. 나 정말로 너랑 카슈반 형님을 따르려고 했거든. 하지만 티르 도련님과 한 계약은 깰 수 있어도 본래 고용주와 계약을 깨면 죽은 후에 험한 꼴이 된다서 말이야."

루아크는 미안한 기색이라고는 전혀 없이 웃었다. 표정에서 죄악감으로 생긴 그늘을 거의 찾아볼 수 없었다.

유란도 암살자의 얼굴을 보고 생긋 웃었다.

"무척 훌륭한 마음가짐입니다. 루아크. 당신도 트레이스도 한때는 어떻게 됐나 싶었지만 약속을 잊지 않아서 기쁘군요."

티르나드가 또다시 얼굴을 굳히자 루아크가 친절하게 해설을 해주었다.

"미안해, 티르 도련님. 원래는 사교님한테 부탁을 받았거든. 도련님이 하는 말을 들어주라고."

"처음부터 널 선두에 세워놓고 날 없앨 생각이었다……."

낮은 목소리로 말을 토해낸 카슈반은 티르나드를 지팡이 대신으로 삼아 겨우 선 상태였다.

그러나 눈에는 아직 날카로운 빛이 남았다.

"흥. 대단한 조교 수완이군……. 채워놓은 목줄도 의식하지 못하는데 이렇게까지 잘 길들여놓다니…… 오른쪽으로 가라면 왼쪽으로 가도록 정말 잘 훈련해 놨어……."

"칭찬해주시니 영광입니다. 당신은 목줄을 채워 끌고 다니는 특기가 있다더군요. 하지만 목줄의 존재를 모르게 하는 것이 진정한 지배입니다."

미소로 답하는 유란의 표정은 언뜻 보기에는 평소와 별반 다르지 않았다.

그만큼 티르나드는 유란의 입에서 나오는 말이 믿기지 않는 모양이었다. 계속 어안이 벙벙할 뿐이었다.

"이상하다고는, 생각했다…… 레이덴가 몰락 자체가……."

뭐! 하고 소리치며 눈을 크게 뜨는 티르나드의 손을 잡고 카슈반은 옆구리에 박힌 검을 뽑아냈다.

동시에 등 뒤에 선 트레이스를 떨쳐내고 유란을 향해 비틀거리며 몇 걸음 걸어갔다.

하지만 검이라는 마개를 잃어버린 육체에서 흘러나온 피의 양은 그 이상 앞으로 나아가는 것을 용납하지 않았다.

유란이 피와 폭력에 약하다고 한 말은 거짓이 아니었다.

지면에 방울방울 떨어지는 붉은 액체를 보고 유란은 바람이 빠지는 한심한 소리를 냈다.

"아아아. 더는 보고 있을 수가 없네요. 도련님. 빨리요."

"……시, 시, 시끄러워! 내가 할 수 있을 것 같아……! 그것보다 라이센, 지금 한 말. 대체 무슨 소리냐!"

이번에는 지팡이 대신 자신의 검을 짚은 카슈반이 티르나드의 목소리에 반응해 이야기를 시작했다.

"농민이 일으킨 반란치고는 지나치게 준비가 철저했다. 게다가 세상 물정 모르는 꼬맹이를 너같이 지위가 높은 성직자가 일부러 후견하다니…… 꿍꿍이가 있다고 보기는 했는데……."

"하하. 제 지위를 알면 다들 이상하다는 얼굴을 하시더군요."

목에 늘어뜨린 날개의 문장과 성녀 아셸의 옆얼굴을 손가락 끝으로 아주 조심스럽게 문지르며 유란은 태평하게 웃었다.

"과연 통찰력이 뛰어나시군요. 하지만 트레이스 씨를 설득해 저택으로 돌려보내서 당신의 혜안도 흐려졌던 모양이죠. 아즈베르그의 폭군에게도 뜻밖에 귀여운 점이 있어…… 에구구."

유란은 새삼스럽게 실언에 당황하는 목소리를 냈다.

일부러 그러는 것 같은 목소리를 들은 시점에 카슈반은 끝끝내 한계에 다다른 모양이었다.

커다란 몸이 풀썩하고 자리에 무너지면서 자신의 피로 만들어진 웅덩이에 무릎을 꿇었다.

"라이센! ……제길!"

카슈반에게 달려가려던 티르나드의 팔을 그를 경비하고 있던 '날개의 기도'의 병사가 재빨리 낚아챘다.

"놔라! 놔! 나는 레이덴 백작이다! 네놈들 주인이라고. 놔라!"

아무리 외쳐도 병사는 노골적으로 표정 하나 바꾸지 않았다.

별로 힘들이지 않고 저항하는 티르나드를 봉쇄한 병사는 무감정한 눈을 유란에게 향했다.

"사교 예하. 어떻게 할까요."

"어쩔 수 없는 분이군요. 좋습니다. 훗날을 위해서 몇 발쯤 교육적으로 지도해 드리세요."

유란은 휙 시선을 돌렸다.

동시에 다른 병사가 슥하고 티르나드에게 다가갔다.

딱딱한 소리가 쥐 죽은 듯이 조용한 공간에 울려 퍼졌다.

주먹으로 얻어맞지는 않았지만 병사가 손바닥으로 있는 힘껏 뺨을 후려치자 티르나드는 눈을 크게 뜨고 움직임을 멈추었다.

하지만 티르나드는 바로 다시 소리를 질렀다.

"……유란! 젠장. 놔라!"

빨갛게 부어오른 뺨을 일그러뜨리며 티르나드는 닥치는 대로 날뛰었다.

붙잡았던 병사는 한순간 놀란 얼굴을 했지만 그 병사를 옆으로 밀친 또 다른 병사가 말없이 반대편 팔을 들어 올렸다.

그 순간 새파래진 티르나드는 몸을 크게 떨었다.

그러나 이전처럼 발작하지는 않고 붙잡힌 팔을 마구 휘두르며 한층 더 과감하게 저항하기 시작했다.

　그렇다고는 해도 별 대단한 저항이 되지는 못했다.

　다른 병사가 힘을 빌려주어서 티르나드는 손쉽게 붙잡혔다.

　쭈뼛거리며 티르나드에게 시선을 돌린 유란은 무척 의외라는 얼굴을 했다.

　"이런. 공작님이 가르친 보람이 있다고 할까요."

　"시끄럽다! 잘도, 잘도……!"

　마음이 아파서일까. 아니면 육체가 아파서일까.

　눈 끄트머리에 반짝이는 것을 매달고 티르나드는 분노를 뿜어내었다.

　하지만 분노를 뒤집어쓰는 유란은 매우 천연덕스러운 얼굴이었다.

　"그래서 안 된다고 했답니다. 티르 도련님처럼 몸도 약하고 머리도 부족한 분에게 어중간한 용기는 몸을 망가뜨릴 뿐이니까요."

　"―네놈들이 우리 집을 불태웠나! 아버지와 어머니를 죽였나?!"

　"아아. 저도 마음이 아프답니다. 교단에서도 매우, 엄청나게 고뇌한 끝에 내놓은 계책을 시행하는 처지였으니까요. 무엇보다 우리 이름을 내세울 수 없는 시기였죠. 그래서 상당히 멀리 돌아갔습니다만."

　더 핵심적인 질문을 들은 유란은 조금이나마 표정을 바꾸고 말하기 시작했다.

　"당신의 아버지는 매우 우수한 영주셨습니다. 그래서 분수에 어울리지 않는 야망을 품었답니다. 국왕이 되려는 야망 말이지요."

　"뭐라고……?!"

아직 어렸던 티르나드는 아버지가 품은 목적은 몰랐으리라.

매우 놀라자 유란은 한층 더 곤란하다는 얼굴을 보였다.

"농민들 하극상은 훌륭하게 통제했으면서 스스로 하극상을 일으키려 하다니 정말 이해할 수가 없습니다. 어쨌든 더는 레이덴 백작이 세상을 혼란스럽게 만든다면 교단도 그분을 더 높은 나라로 모셔갈 수 없답니다. 그래서 아직 늦지 않았을 때 손을 썼을 뿐입니다."

"……그, 그렇다면……!"

티르나드도 경건한 신자다.

유란이 흐르는 듯 이어가는 말을 자르고 들어가진 못했지만 얼굴이 어린아이처럼 일그러졌다.

"그렇다면…… 유란! 나를, 나를 잘 해주고 도와준 것도 전부 다……!"

"아아, 도련님. 제발 그렇게 상처 입은 얼굴 하지 마세요. 걱정 안 하셔도 됩니다. 이제부터는 조금 얌전히 굴어주셔야 하지만 지금까지처럼 잘 지켜드릴 테니……."

상냥한 울림을 띤 목소리로 유란은 생긋 웃으며 말을 매듭지었다.

"당신은 명문가의 피를 이은 레이덴가 정통 당주니까요. 제대로 영주 위치에 돌려놔 드렸잖아요? 우리는 장래에 모든 지방백을 본래의 영주 자리로 되돌릴 생각입니다. 물론 페이트린 가도, 아즈베르그 가도요."

그렇게 말하면서 유란은 카슈반을 살폈다. 이제는 어깨로 숨을 쉬는 정도가 고작이었다.

상태를 확인한 유란은 피에 젖은 검을 쥐고 멍청히 선 트레이스에게 명령했다.

"자, 트레이스 씨. 당신은 친구를 소중히 여기는 마음을 갖고 계시죠. 신에 대한 경건한 마음을 잊어버리고 괴물이 돼버린 소꿉친구를 그 손으로 구원해드리세요. 지금이라면 아직 사람인 채로 더 높은 나라에 갈 수 있답니다."

유란이 상냥하게 미소 지으면서 던지는 말을 듣고 트레이스는 잠자코 손에 든 검을 머리 위로 들어 올렸다.

"트레이스. 안 돼요! 카슈반 님은 당신에게도 소중한 친구잖아요? 죽이면 안 돼요!"

알리시아가 외치자 트레이스는 괴로운 표정을 지었다.

"……사실은 저도 이러기 싫습니다."

괴로운 모습으로 트레이스는 치켜든 검을 내리지 않았다.

"카슈반 님 곁으로 돌아가 잠시 함께 지내며 마음이 흔들리기도 했습니다. 심한 처벌을 받을 각오를 했는데 돌아왔다고 그렇게나 기뻐해 주실 줄은…… 하지만 이분은 명문가의 혈통을 이었다는 이유만으로 당신을 샀고 하녀를 애인으로 두셨습니다."

떨리는 목소리로 중얼거리고 눈동자에는 명백히 망설이는 빛이 깃들었다.

트레이스는 계속 갈등하는 것 같았다.

하지만 자신에게 조바심이 나는지 트레이스는 이렇게 말했다.

"카슈반 님이 그렇게나 싫어하는 아버님과 같은 길을 걸어간다고 생각할 수밖에 없습니다……! 친구로서 가신으로서 제게는 구원해드릴 의무가 있습니다!"

"트레이스!"

알리시아의 목 끝에 바늘이 닿을 것 같아서 루아크는 무기 위치를 미세하게 조정하며 제지했다.

"안 돼 알리시아. 게다가 알리시아의 소중한 저택은 레이덴 백작님의 것이잖아. 도련님은 알리시아를 신부로 맞이하신다고 했고 사교님은 다시 페이트린 가를 영주로 만들어준다잖아. 좋은 일뿐인데."

루아크가 하는 마음 편한 소리에 카슈반이 얼굴을 찡그렸다.

카슈반과 조심스럽게 거리를 둔 유란은 입가에 애매한 미소를 지었다.

"유감이군요. 당신도 처음부터 우리의 가르침을 안 믿지는 않았는데요."

살짝 고개를 든 카슈반을 보고 유란은 킥킥 웃으면서 말을 계속했다.

"알고 있습니다. 죽은 어머니를 위해 어린 당신이 우리에게서 날개를 사려 했다는 사실을요. 애초에 농민 출신이고 재산을 노려 영주의 애인이 된 하녀에게 필요한 만큼 날개를 사려면 그 액수는 국가 하나에 필적합니다……. 그렇죠? 그래서 '날개의 기도'에 대한 신앙심을 잃어버렸네요. 딱 잘라 말해서 적반하장도 유분수…… 에구구."

그 말을 들은 카슈반은 어금니를 지그시 깨물었다.

그러나 동시에 트레이스도 헛 제정신을 차렸다.

"트레이스 씨?"

긴장한 트레이스에게서 힘이 빠져나갔다.

소꿉친구에게 손을 대는 데 필요했던 충동이 트레이스 안에서 사라져버린 것 같았다.

　"……유란 님…… 죄송합니다…… 할 수 없습니다……."

　"……이런."

　검을 내리고 만 트레이스를 보고 유란은 질렸다는 소리를 냈다.

　"친구 놀이를 길게 했나 보네요. 괜찮습니다. 아즈베르그의 폭군의 마지막 숨통을 끊어놓는데 한층 더 어울리는 분이 여기 계시니까요."

　그렇게 말한 그는 시선을 천천히 알리시아 쪽으로 향했다.

　"자. 알리시아 님 차례입니다. 루아크가 말했듯이 소중한 저택은 우리 도련님의 소유물이 되었습니다. 제가 말하는 의미를 아시겠죠?"

　헤이스덤에게 맡겼던, 부모님이 그토록 지키고 싶어 했던 저택.

　지금은 레이덴 백작이 소유한 저택을 어떻게 할지는 후견인인 유란 및 '날개의 기도' 교단의 마음에 달렸다.

　"당신은 분명히 별난 분입니다. 하지만 현실을 무척 잘 아신다고 들었습니다. 예정에 없는 일도 하셨지만 끝이 좋으면 다 됐다고 생각합시다. 트레이스 씨, 검을 빌려드리세요."

　트레이스는 잠시 주저한 후에 손에 든 검을 알리시아에게 넘기려 했다.

　하지만 알리시아는 잠시 생각을 하고는 이렇게 거절했다.

　"아뇨, 유란 님. 검 같은 것은 무거워서 못 든답니다. 게다가 바스틀 님 때처럼 똑같이 처리하실 생각이면 제가 사용할 무기는 이쪽에 있습니다."

알리시아의 가느다란 손가락 끝이 제 목을 위협하는 바늘을 가리켰다.

루아크가 즐겁게 웃음을 터뜨렸다.

"아하하. 그러네. 자, 지금의 카슈반 님이라면 아마도 쉽게 단숨에 이길 수 있을 거야."

루아크는 시원스럽게 그렇게 말하면서 손에 쥔 무기를 알리시아에게 건네고 멀찍이 떨어졌다.

알리시아는 처음 손에 쥐어보는 무기를 확실하게 들고 유란에게 말했다.

"유란 님, 카슈반 님께 날개를 부여하는 의식을 치러드리고 싶어요. 이쪽으로 와주시겠어요?"

"그럼요. 아아. 미리 말해두지만 절 찌르려고 해도 소용없답니다. 트레이스 씨도, 도련님도 바보 같은 생각은 하지 마세요."

유란 역시 시원스럽게 고개를 끄덕이고는 천천히 알리시아 등 뒤로 돌아섰다.

동시에 루아크도 검을 쥔 팔을 떠는 트레이스 곁으로 다가가 제지하는 위치에 섰다.

"저는 폭력을 싫어해서 사람을 때리지는 못하지만 피하는 특기가 있답니다. 이전에 라이센 공작님께 얻어맞았지만 당신 실력으로는 맞추지도 못합니다. 그러니 어떻게 해보겠다는 생각은 그만두시죠."

일단 주의하기 위해서일까.

유란은 알리시아와 카슈반에게서 좀 떨어진 위치에 멈춰 섰다.

알리시아는 유란에게서 눈을 떼고 그 시선을 남편에게 향했다.

은색의 바늘을 손에 쥐고 자신을 내려다보는 아내를 올려다보는 카슈반은 눈이 기묘할 정도로 침착했다.

체념한 기색이 떠도는 표정으로 카슈반이 중얼거렸다.

"아내의 손에 최후를 맞는가…… 저주받은 하르바스트 혈통 최후로는 잘 어울릴지도……."

죽기 직전 최후의 말을 입에 올리는 남편을 바라보는 알리시아의 표정도 어조도 평상시와 거의 다르지 않았다.

"카슈반 님. 만약 제가 죽으면 위약금은 숙부님께 받아주세요. 저택을 판 돈이 수중에 들어왔을 테니까요."

죽은 이에게 바치는 말을 해야 할 상황에서 정작 알리시아는 유언을 입에 올렸다.

대꾸할 기력도 없었지만 무척 뭔가를 말하고 싶은 눈을 한 카슈반을 보고 알리시아는 말을 이었다.

"대신 제가 운 좋게 죽지 않는다면 레이덴 백작님에게서 우리 집을 도로 사주시면 기쁘겠어요."

알리시아는 손에 쥔 바늘을 치켜들어 주저하지 않고 자신의 왼쪽 손등에 내리꽂았다.

"뭣?!"

"알리시아!?"

눈 깜짝할 사이에 자리에 쓰러진 알리시아의 손등에는 확실하게 바늘이 꽂혀 있었다.

연극이 아니라 틀림없이 상처에서 피가 배어 나오는 광경을 확인하고 새파랗게 질린 유란이 달려왔다.

"이런 말도 안 되는 일이. 여기서 당신이 죽어서 어쩌자는 겁니까!?"

유란은 루아크가 준 무기에 맹독이 칠해졌다는 사실을 잘 알았다.

당황한 유란이 알리시아를 안아 올린 그때였다.

"에잇."

약간 얼빠진 소리와 함께 푹하고 소리를 내며 꽂혔다.

유란의 손등에 맹독이 칠해진 바늘의 끝이.

종장

　누군가가 손을 쥐고 있었다.

　눈을 뜬 알리시아는 가장 먼저 그것을 인식했다.

　어릴 때 감기에 걸려서 잠자리에 들었을 때와 비슷했다.

　전신을 감싸는 나른함도 손을 감싼 온기에 완화되어 가는 듯한, 기분 좋은 느낌이 손이 맞닿은 부분에서 전해졌다.

　"어머니⋯⋯?"

　알리시아가 비몽사몽 간에 중얼거렸다.

　순간 알리시아의 손을 쥔 손에 힘이 들어갔다.

　하지만 알리시아의 손을 아플 정도로 꽉 쥐는 손은 어머니와는 달랐다.

　아버지 손보다 훨씬 크고 검술 수련 때문에 생긴 굳은살이 눈에 띄는, 이 커다랗고 메마른 감촉인 손의 주인은 다른 사람이었다.

　"다행이다⋯⋯."

　침대에 누운 알리시아 머리맡에서 카슈반이 커다란 몸을 둥글게 웅크리고 아내의 작은 손을 쥐고 있었다.

　카슈반은 겨우 눈을 뜬 아내의 식은땀에 젖은 뺨을 확인하듯이 살짝 쓰다듬었다.

　출혈이 심했기 때문이리라. 카슈반은 낯빛이 아직 좋지 않고 움직임도 다소 딱딱했다.

알리시아는 그런 남편을 멍하니 바라보며 말했다.

"카슈반 님…… 어머. 우리 두 사람 다 살아 있나요……? 아니면 사후 세계에 왔나요……?"

"그렇다면 더 높은 나라는 아니겠지. 유감스럽게도 현실이다, 알리시아."

하르바스트 장미 저택 특유의 검은색과 붉은색으로 구성된 실내를 둘러본 카슈반이 웃었다.

알리시아도 그 말을 듣고서야 여기가 제 방이라는 사실을 알아차렸다.

"저, 전혀 기억이 없는데요……. 제가 유란 님을 찌른 뒤엔 어떻게 됐나요……?"

"라그라드르의 용병들은 철저하게 이해관계로만 움직이지. 대가리를 잃으니 의리를 지킬 필요가 없어졌다고 생각한 모양이야. 겨우 쫓아냈다. 우리가 매복시켜 놓은 병사도 있었고 사신도 다시 배반해줬고."

원래 카슈반은 티르나드가 기습하리라 예상했었다.

결과적으로 엇나간 예상이 공을 쌓아 유란이 준비한 병사를 격퇴하는 결과를 낳았다.

"다시 배반하다니…… 루아크, 말이죠?"

"그렇지. 그것보다 가르쳐줘. 넌 설마 진짜 사신 공주인가?"

카슈반은 여전히 쥐고 있는 알리시아의 손을 살짝 쓰다듬었다.

손에는 독침이 꽂혀 녹색이 암녹색으로 변색한 둥근 흔적이 남아 있었다.

"비료불요초를 졸여서 추출한 독이다. 몸집이 거대한 남자도 즉사할 정도인 독이 순식간에 네 몸을 돌았을 텐데. 대체 어디서 유란을 찌를 힘이 나왔지? 또. 쓰러져서 잠들었지만 다시 의식을 찾았어. 대체 어떻게……"

"그건 나도 듣고 싶네."

귀에 완전히 익은 목소리를 듣고 알리시아는 베개에 기댄 머리를 완만하게 움직였다.

아직 안경을 쓰지 않았기 때문에 흐릿하게 보였다. 하지만 은색의 머리카락은 검고 붉은 가구에 묻히는 일 없이 빛나 보였다.

"루아크…… 유란 님과 약속했는데 지키지 않아도 괜찮아요?"

"아아. 응. 역시 알리시아랑 있는 편이 더 재밌을 것 같아서."

천연덕스럽게 말하고 루아크는 웃었다.

"암살자에게 사후의 날개를 약속해서 말을 듣게 하는 저질스러운 모습도 꽤 재미있었지만. 생각해보니까 물 밑 왕국에 가야 아는 사람도 많겠더라고. 게다가 사교님도 죽을 정도로 독을 맞았는데 내 사신 공주님은 죽지 않았고."

걱정이라고는 전혀 없어 보이는 웃는 얼굴을 모르는 사람이 본다면 등에 날개가 돋은 모습이 잘 어울린다고 평하리라.

"카슈반 형님이 계속 영주로 남는다면. 또 '날개의 기도' 사람들이랑 한판 벌이겠지? 이웃 나라에도 영향력을 가진 커다란 교단과 변경에 있는 일개 영주가 싸우다니 낭만이 넘치잖아. 그러니까 여기 있을 거야."

결국 방향성 없는 호기심이 루아크의 마음을 움직였다는 이야기였다.

즐겁게 미소를 띤 암살자를 보고 카슈반은 눈빛이 약간 날카로워졌다.

"사신. 솔직하게 말씀하시지. 요전에 일부러 졌지. 라그라드르 용병들을 상대할 때 보인 움직임. 그게 네 진짜 실력이지?"

티르나드가 머무르던 천막에서 벌인 일전.

그때 일부러 승리를 양보하지 않았냐고 속마음을 떠보는 카슈반에게 루아크는 한눈에 알기 쉽게 시치미를 뗐다.

"에―, 뭔 소리당가? 아, 맞다 맞다. 분명히 사랑하는 강공작님 부부를 위해서 힘내야지! 생각했더니 상황에 딱 맞는 기적이 일어나서 갑자기 강해졌다고. 응. 그렇다니까. 그렇게 생각하라고."

"……뭐, 아무래도 좋지만."

아직도 루아크의 진의는 알 수 없었다.

카슈반은 당장 추궁할 생각은 없는 모양이었다.

"모든 지방백을 영주 위치로 되돌린다. '날개의 기도'가 가진 최종 목적이겠지. 네 말대로 어차피 다시 그쪽에서 손을 뻗을 거다. 겁쟁이에 우유부단한 국왕 폐하의 마음도 하루에도 몇 번이나 왔다 갔다 하니까. 우수한 데다 사양 않고 버릴 장기말로 삼을 수 있다면 근처에 놔둘 가치가…… 아아, 들어와라."

문을 두드리는 소리를 알아차리고 카슈반이 말을 끊었다.

쟁반을 한 손에 든 누군가가 이미 실내에 들어서고 있었다.

"……아, 알리시아 님…… 눈을 뜨셨군요……"

모습이 흐릿해서 잘 알 수 없었지만 트레이스 목소리였다.

목소리를 듣고 알리시아는 기뻐했다

"어머, 트레이스…… 잘 됐어요. 카슈반 님. 트레이스를 용서해주셨군요."

"뭐."

매우 거북하다는 얼굴을 하는 트레이스를 돌아보며 카슈반은 짓궂은 미소를 띠었다.

"결국 이 녀석이 나를 생각하는 마음을 이용했을 뿐이니까. 거기다 이 녀석 성격상, 한번 사람 배에 구멍을 뚫어놓고 다시 배신하진 못해. 그렇지?"

"……죄송했습니다!"

갑자기 자리에 무릎을 꿇으며 트레이스는 떨리는 목소리를 쥐어짰다.

"원래는 어떤 벌이라도 달게 받아야 하는 죄를 지었습니다……! 그런데 앞으로도 제가 카슈반 님을 곁에서 모실 수 있도록 허락해주시면서 불안하다면 곁에서 지켜보라고, 진짜로 내가 아버지 같은 괴물이 된다면 다시 한번 찌르라고……!"

"이봐. 알았어. 그러니까 울지 마! 참나. 울 거면 처음부터 배신하지 말라고!"

카슈반은 울먹거리는 트레이스에게 질렸다는 투로 말했지만 그 울림은 부드러웠다.

"여하튼 잘 됐어요……. 우후후. 다행이에요. 이번에는 확실히 서방님을 지켰네요……."

남편의 손을 꼭 맞잡으며 알리시아는 약간 바보스럽게 활짝 웃었다.

너무 오래 잤기 때문일까. 아니면 독이 영향을 끼쳤기 때문일까.

조금 혀 짧은소리를 내며 이야기하는 모습이 여느 때보다도 더 어리게 보였다.

"비료불요초 말인데요. 아즈베르그에도 잔뜩 피었지만 페이트린에도 조금은 피어 있답니다……."

트레이스와 처음 만난 밤을 떠올리면서 알리시아가 말했다.

"무척 좋은 향이 나잖아요……? 사실은 맛도 꽤 좋답니다……."

실내에 잠시 침묵이 가득 찼다.

"……설마 너…… 그걸 먹었나?"

예. 그렇게 대답하며 알리시아는 또 활짝 웃었다.

"사람도 짐승도 무서워서 먹지 않잖아요……. 처음 먹었을 때는 한동안 잠을 자야 했지만 익숙해지니까 마음껏 먹을 수 있었어요……. 풀이 생명력도 강하고 또 비료도 스스로 조달해주니까 수고해서 관리할 필요도 없고요……."

카슈반과 트레이스는 서로 얼굴을 마주 보며 침묵했다.

옆에서 루아크는 호흡 곤란이라도 일으킬 정도로 데굴데굴 구르며 웃어댔다.

"앗, 하, 하하핫. 그래, 그랬구나. 평상시에 먹었구나……! 명문가 아가씨니까 독살을 경계해서 몸에 독이 익숙해지게 했다는 쪽으로 생각했는데, 그냥 먹고 있던 거였어……!"

"예. 그런 이야기도 읽은 적이 있어서 잘 되겠다 생각해…… 꺅."

갑자기 시야가 어두워지며 몸이 온기에 휩싸였다.

카슈반이 자신을 끌어안았다는 사실을, 알리시아는 귓가에서 속삭이는 목소리로 알아차렸다.

"……빈곤하고 먹을 걸 밝히는 데다가, 앞뒤 가리지 않는 성격이라서 정말로 다행이다."

조금도 칭찬 같이 들리지 않는 말에는 따뜻한 무엇이 담겨 있었다.

귓가에 스치는 숨결이 간지러워서 알리시아는 왠지 창피해졌다. 그런 알리시아의 귀에 이번에는 다른 목소리가 들려왔다.

"카슈반 님! 레이덴······ 꺄아! 지금 뭘 하고 계세요!"

비명을 듣고 카슈반도 알리시아도 방문 쪽으로 시선을 향했다.

그곳에는 노라와 티르나드가 얼굴을 굳히고 서 있었다.

"뭐, 뭐냐 네놈! 이런 시간인데 대체 뭘 하는 거냐!"

"변함없이 말버릇이 고약하군. 후견인에게 좀 더 존경의 뜻을 표해줬으면 하는데."

몸을 일으킨 알리시아의 어깨에 팔을 두른 카슈반은 별달리 동요하는 기색도 없었다.

"후견인?"

의아한지 되묻는 아내에게 카슈반은 설명을 해주었다.

"저택을 찾고 싶다고 말했지? 마침 후견인도 없어져서 내가 이 도련님 후견인이 되었다. 피후견인 것은 내 것, 내 것은 내 것이니까."

"어머, 카슈반 님께서 레이덴 백작님의 후견인이 되셨나요…?"

아직도 의아한 듯이 되묻는 알리시아에게 카슈반이 설명을 덧붙였다.

"원래대로라면 친족도 상위 주군인 대영주도 아닌 내가 간단하게 후견인이 될 수는 없지만. '날개의 기도'가 쉽게 후견인이 되도록 이 것저것 획책해놓은 덕분에 다른 후보자가 국왕밖에 남지 않았어. 약간 뇌물을 써서 내가 후견인이 됐지."

"보고 있으라고! 네, 네놈 힘 같은 거 빌리지 않아도 바로 혼자 일어설 테니까!"

"제발 그래 줘. 나도 언제까지고 널 돌봐줄 생각은 없으니까. 아마도 또 '날개의 기도'가 감 놔라 배 놔라 할 테지만. 한시라도 빨리 스스로 대처할 수 있도록 변해달라고."

카슈반은 불쑥 한 손을 내밀었다.

"그나저나, 내 병문안을 왔지? 빈손으로 오지는 않았겠지. 자, 도련님. 물건을 얼른 내놓으시지."

"잘난 체 마라! 누가 네놈 병문안을 왔을까 보냐! 알리시아 님이 눈을 뜨신 것 같아서……!"

"거짓말도 작작하시지. 알리시아는 방금 눈을 떴다. 네가 그렇게 감이 좋을 리가 없지. 솔직하게 꼬리를 흔들어 보라고. 내가 지금 손을 떼면 곤란한 게 누구지?"

"……좀 더 깊이 찔렀어야 했는데……!"

진지하게 후회하는 빛이 가득 담긴 목소리였다.

신음하는 티르나드와 카슈반이 언쟁에 돌입했다. 도중부터는 루아크와 트레이스도 참가해 언쟁은 삼천포로 빠졌다.

샛길로 샌 언쟁에 열을 올리는 네 사람을 보고 알리시아는 노라에게 말했다.

"다행이에요. 카슈반 님도 레이덴 백작님도 루아크도 트레이스도. 다들 즐거워 보여."

"그러네요. 카슈반 님도 무척 생기 넘치시네요."

자신을 강공작이라고 말하며 항상 허세를 부렸던 카슈반.

의도적으로 마음을 허락하는 상대를 만들지 않았던 카슈반이 이런 식으로 언쟁을 벌이는 일은 매우 오랜만이리라.

실제 나이보다 연상으로 보이는 날카로운 이목구비에 젊은이다운 경쾌한 미소를 띤 채 이런 말이나 하고 있었다.

"내가 후견을 해주는 게 그렇게 싫다면 애인이라도 할래? 내 아내는 무척 관용적이니까. 하녀 애인 정도로는 꿈쩍도 하지 않아서 조금은 질투해줬으면 생각하는데."

"진짜지? 정말로 애인으로 삼고 싶지? 나중에 네 방으로 가마. 그래도 후회하지 않겠지?!"

"우우—. 치사해—. 나도 방으로 불러줘요 형님. 나, 그쪽으로도 초일류라고."

"카슈반 님. 적당히 해주세요. 레이덴 백작님을 그만 데리고 노세요. 애초에 카슈반 님은 상처도 다 낫지 않았으니까요! 루아크도 장난에 그만 편승해!"

사실은 카슈반보다 두 살 위라는 트레이스가 눈물을 흩뿌리며 설교를 시작했다.

꺄꺄 시끄러운 남자들을 바라보며 알리시아는 느긋하게 웃었다.

"카슈반 님, 정말로 즐거워 보이셔."

안주인의 지나치리만큼 관대한 태도에 원조 애인은 포기하고 한숨을 쉬었다.

　　"……차라리 저, 마님의 애인이 될까요. 경쟁 상대도 적어 보이고. 차라리 그쪽이 원하는 바를 얻어내기 쉬울지도요."

　　누구나가 두려워하는 아즈베르그의 폭군을 노리는 선견지명을 가졌던 노라였다.

　　하지만 남자들과 언쟁을 벌이는 쪽이 더 성미에 맞아 보이는 주군을 바라보며 노라는 하아 다시 한번 한숨을 쉬었다.

작가 후기

여러분, 처음 뵙겠습니다. 오노가미 메이야라고 합니다. '사신 공주의 재혼'을 읽어주셔서 감사합니다!

모두다 처음이라 수상 연락을 받은 이후부터 줄곧 어찌할 바를 몰라 했습니다만, 그럭저럭 책을 출판할 수 있어 안도했습니다. 소녀 취향 소설인데 여주인공이 결혼한 것까지는 그렇다 쳐도 재혼이라니 좀 심하다는 느낌도 있었습니다만, 읽어주신 분들이 조금이라도 즐거우셨다면 좋겠습니다.

사실 흔히 말하는 소녀 취향 소설은 써본 적이 없었습니다. 소년 만화를 보고 자랐고, 게이머로 지냈는데 소설을 쓰기 시작해서 이런 형태로 책을 낼 줄은 생각도 못 했습니다. 살다 보면 대체 어떤 일이 일어날지 알 수 없네요.

원래 이 이야기를 쓰게 된 이유도 자전거를 타고 가던 중에 '첫 남편이 죽고 일단 집으로 돌아온 아가씨가 초혼 탓에 싼값에 되팔린다'라는 생각이 떠오른 게 시작이었습니다. 굳이 말하자면 이 생각이 다입니다. 아직 이 시점에서 하르바스트 장미 저택에 대한 이야기는 그림자도 찾아볼 수 없었습니다.

작품을 쓰는 사이에 머릿속에서 떠올라 이야기에 끼워 넣었습니다. 아무 계획 없이 되는대로 펜을 놀리는 것에도 정도가 있죠.

이야기를 바꾸어 캐릭터에 관해 얘기를 해보죠.

알리시아는 유부녀, 어린 아내, 과부에 불타오르는 자신의 마음을 잔뜩 집어넣은, 어떤 의미로는 이상적인 여자아이입니다. ……천연 속성에 아슬아슬하게 선을 넘지 않았지만 말이죠.

개인적으로는 조금 더 큰 가슴을 좋아합니다만, 지금까지 빈유 캐릭터를 별로 써본 적이 없으므로 일부러 그렇게 했습니다. 안경을 쓴 캐릭터도 처음이고요.

카슈반은 설정을 잡는 사이에 점점 내면을 알게 되면서 애착이 생겼습니다. 처음에는 그저 제가 쓰기 편한 남자 캐릭터였을 뿐이었습니다. 하지만 카슈반은 대하는 상대에 따라 다른 모습을 보여주기 때문에, 그가 나오는 부분을 작업할 때는 아주 즐겁게 썼습니다.

너무 쓰기 쉬운 캐릭터라서 때때로 작가가 장난을 치기도 했습니다. 하지만 보기보다 젊으니까 그런 점은 양해해주세요.

두 사람은 물론 노라나 루아크, 티르나드, 유란과 트레이스도 이 책을 읽은 분들 마음에 다소나마 남았으면 좋겠습니다. 덧붙여 남성 캐릭터 중에서는 카슈반과 루아크, 유란이 쓰기 편했습니다만, 가장 좋아하는 캐릭터는 트레이스입니다. 역시 머리가 나쁘고 귀여운 건 티르 도련님이지만요! 마음에 드는 캐릭터가 있다면 가르쳐주세요.

처음에는 나이 차이가 크게 나는 부부의 따뜻한 러브 코미디를 쓰려고 했는데, 퇴고를 거듭하는 사이 뜻밖에 살벌한 이야기가 돼버렸습니다. 내용이 이래도 될까 걱정했는데, 다행히 여주인공이 저래서 내용이 그렇게까지 어두워지지는 않았⋯⋯을 겁니다.

주역 커플 두 사람 모두 연애에는 열심인 타입이 아니어서 때때로 감정이 좀 부족하지 않나 싶지만, 두 사람 사이에 부모와 자식 간 사랑이랄까, 주인님에 대한 사랑이랄까, 애완동물에 대한 사랑이랄까. 영문을 알 수 없는 감정이 조금이지만 싹텄습니다. 앞으로도 이런 느낌으로 오순도순 살면 좋겠습니다.

이번에 일러스트를 맡아주신 키시다 메루 씨. 멋진 삽화 정말 감사합니다. 러프를 보여주신 단계부터 혼자서 히죽거렸답니다.

담당 편집 기자인 오오키도 씨. 앞뒤도 분간 못하는 상태에서 정말 많은 폐를 끼쳐 죄송했습니다. 오오키도 씨께 '나는 특이 체질이라 마취가 듣지 않는답니다.'라는 말을 듣지 못했다면, 사신공주의 재혼은 분명 다른 이야기가 되었을 겁니다. 정말로 감사합니다.

마지막으로 이 책을 읽어주신 모든 분께 다시 한번 감사의 뜻을 담아.

하늘의 성(http://onogami.blog103.fc2.com/)이라는 블로그를 운영 중이니 여건이 되시면 한번 들여다봐 주세요.

인연이 있다면 또 뵙지요.

2007년 8월. 오노가미 메이야

사신공주의 재혼 1

초판 1쇄 발행   2018년 9월 15일

저자 오노가미 메이야

발행인 원종우
발행처 이미지프레임

주소 (13814) 경기 과천시 뒷골1로 6, 3층
영업부 02-3667-2653   **편집부** 02-3667-2654   **팩스** 02-3667-2655
메일 alicenovel@imageframe.kr   **웹** alicenovel.com

ISBN 979-11-6085-288-2 02830 (1권)   979-11-6085-287-5-02830 (세트)